WILD NIGHTS!

STORIES ABOUT THE LAST DAYS OF POE, DICKINSON, TWAIN, JAMES AND HEMINGWAY

Joyce Carol Oates

狂野之夜

关于爱伦·坡、狄金森、马克·吐温、詹姆斯和海明威最后时日的故事

（修订本）

〔美〕乔伊斯·卡罗尔·欧茨 著　樊维娜 译

人民文学出版社

PEOPLE'S LITERATURE PUBLISHING HOUSE

著作权合同登记号　图字 01-2025-0630

Joyce Carol Oates

WILD NIGHTS! STORIES ABOUT THE LAST DAYS OF POE，DICKINSON，TWAIN，
JAMES AND HEMINGWAY

图书在版编目(CIP)数据

狂野之夜：关于爱伦·坡、狄金森、马克·吐温、詹姆斯和海明威最后时日的故事 /
（美）乔伊斯·卡罗尔·欧茨著；樊维娜译. —修订本. —北京：人民文学出版社，2021（2025.3 重印）
（短经典精选）
ISBN 978-7-02-014353-5

Ⅰ. ①狂… Ⅱ. ①乔… ②樊… Ⅲ. ①短篇小说-小
说集-美国-现代 Ⅳ. ①I712.45

中国版本图书馆 CIP 数据核字(2018)第 124031 号

总　策　划　黄育海
责任编辑　卜艳冰　骆玉龙

出版发行　人民文学出版社
社　　址　北京市朝内大街 166 号
邮政编码　100705

印　　刷　凸版艺彩(东莞)印刷有限公司
经　　销　全国新华书店等

开　　本　890 毫米×1240 毫米　1/32
印　　张　7.5
字　　数　160 千字
版　　次　2011 年 5 月北京第 1 版　2021 年 9 月北京第 2 版
印　　次　2025 年 3 月第 3 次印刷

书　　号　978-7-02-014353-5
定　　价　69.00 元

如有印装质量问题,请与本社图书销售中心调换。电话:010 - 65233595

SHORT CLASSICS
短经典精选

献给乔伊斯和西沃德·约翰逊

狂野之夜——狂野之夜！

我若与你相依

狂野之夜就是

我们的奢侈！

心处港湾——

海风，无能为力——

罗盘，毫无用处——

海图，大可抛弃！

啊，大海！

泛舟于伊甸——

但愿今夜，我能泊于——

你的港湾！

——艾米莉·狄金森（1861）①

---

① 本诗由译者翻译。

目录

爱伦·坡遗作，或名《灯塔》

1849 年 10 月 7 日

啊，醒了！——我的灵魂满怀期待！在这座传说中的比尼亚德尔马灯塔的第一天——我怀着激动的心情开始写第一篇日记，这是我跟我的资助人伯特姆·萧博士之间的约定。我会尽可能有规律地写日记——那是我对萧博士的承诺，也是我对自己的承诺——不过，对像我这样一个完全与世隔绝的人来说，前途实在不可预测——有一点你必须清楚——我可能会病倒，还可能更糟……

眼下，我的精神状态似乎非常不错，我迫不及待想要开始履行我在灯塔的职责。长期以来，我被诸多事情折磨得心力交瘁、抑郁不堪，而在位于南纬 33 度、西经 11 度 ① 的南太平洋，在岩石遍布的智利海岸以西、瓦尔帕莱索以北大约两百英里的地方，我却享受着春天般的怡人气息。一想到自己终于远离了令人窒息的费城，远离了人们对我在里士满所做的诗学原理讲座的褒贬不一的反应，终于彻底孤单一人，我的灵魂竟奇迹般地复活了。

---

① 原文如此。但该经度数据与所指位置不符，似为西经 110 度之误。

我想特别声明一下：爱妻V① 意外地悲惨离世，加上我的敌人长期对我进行诋毁，更不用说我自己已经承认的那些"沉迷酒色"的行为，使我这两年过得相当郁闷，不过我的理性判断竟丝毫没有减弱。真可谓毫发无损！

这样的好天气，我兴冲冲地爬上了塔顶，善良的墨丘利在我前面又蹦又跳，喘着粗气。我用手挡住刺眼的光线，凝望着大海。天地的浩瀚透射出的威严令我深深地折服，不单单是像熔岩一样变幻莫测的太平洋水域，还有头顶奇幻无比的天空，它看起来似乎不是一整片，而是由无数恢弘的云团像接缝皮肤似的拼接起来的，这简直太不可思议了！天空、海洋、大地：啊，跃动着生命的气息！那只灯笼（天黑前就要点亮）个头实在不小，跟我曾见过的那种家用小灯笼大不相同，重量估计可达五十磅。我看着灯笼，手指虔诚地从其表面拂过，内心顿生一股莫名的激动，急不可耐地想要马上开始履行我的职责。"你们当中竟有人怀疑我，"我向费城学会那位刻板拘谨的先生抗议道，"我会证明你们是错的。后世子孙们，你们来评判！"

在历史上，通常是由一个人时不时地来打理一下比尼亚德尔马灯塔的事务，尽管由两个人来照看会更好。我由衷地希望自己能胜任这些简单的日常运作，切实地担负起灯塔管理者的职责！多亏萧博士慷慨解囊，给我配备了足以维持未来六个月生活的必需品。灯塔是座异常坚固的堡垒，和海特若斯角东部的大西洋水域一样，能

---

① 指爱伦·坡的妻子弗吉尼亚·伊莉莎·克莱姆·坡（1822—1847）。

够抵挡这个温度带上的各种恶劣天气的袭击。"你只要赶在南方的冬天到来之前回来'拯救'我就行了。"我和爱丽尔号的船长开着玩笑。我的幽默风趣令这个身材魁梧、眉毛浓黑的西班牙人大笑不已，他用口音浓重的英语回答说，只要给足报酬，就算把船开到冥河都行；鉴于萧博士的富有，此举确有可能。

1849 年 10 月 8 日

今天——到灯塔的第二天——我怀着比第一天更大的决心和更强烈的使命感开始写第二篇日记。昨晚，海风锲而不舍地从灯塔的每一道裂口和缝隙迂回潜入，吵得我时睡时醒，但这是我几个月以来睡得最安详的一次。我确信我已经彻底摆脱了那种病态的幻觉，即在一座骤雨滂沱的陌生城市的街头，我脚下一滑，摔倒在地，头磕在尖利的铺路石上，死了。（的确，这太荒唐了。墨丘利叫了起来，似乎在嘲笑主人满脑子稀奇古怪的念头。）

昨晚，在漫长的一天快要结束的时候，我兴味盎然地和我的犬伴朝大灯笼的方向爬去，如约履行我的职责。啊，塔顶的确有风，它像隐形女妖一样贪婪地吮夺着我们的呼吸，但我们抵住了侵袭。划亮第一根火柴，并把它凑近像舌头一样浸满可燃液体的灯芯上，这给我带来了极大的快乐，它似乎真的是从我的指尖吸入了火焰。"看，大功告成了。我正式宣布自己为比尼亚德尔马灯塔的管理者：所有的船只都将收到预防海滩暗礁的警报。"出于纯粹的神经快感，我大笑起来。墨丘利兴奋地叫着，证实了我的宣言。

我曾怀有荒诞的疑虑，觉得自己完全受制于自然力的摆布，看到眼前的情景，这些疑团顿时烟消云散了。我承认，我属于那种有些耽于幻想、神经兮兮的人，总是无中生有地忧虑担心，已经过世的爱妻 V 就曾注意到了这一点，但她并不十分在意我担忧的究竟是什么。"在这一点上，你和那些古往今来受人爱戴的'领导人'没什么区别。"她温和地嗔怪道。(V 对我的秉性总怀着深切的喜爱，她从未指责过我什么；表亲血缘和婚姻关系使我们骨肉相连，我们又对 E.T.A. 霍夫曼 ①、海因里希·冯·克莱斯特 ② 及让·保罗·里希特 ③ 的伟大哥特式作品怀有相似的偏爱。我们性情相投，对世事洞若观火却又不乏一丝揶揄，仿佛在我们之间，永不停息地流淌着同一种血液，而周围那些愚钝的人对此则毫无知觉。)

不过——既然我人在这里，又何必纠缠那些令人烦恼的思绪呢。眼下我体魄康健，精神十足，并迫不及待地要开始写作这部或许会被后代传诵的《传说中的比尼亚德尔马灯塔日记》，它将和诸如勒内·笛卡尔的《沉思录》、布莱士·帕斯卡尔的《思想录》、让·雅克·卢梭的《一个孤独漫步者的遐想》以及让·保罗·里希特的六十五卷皇皇巨著等探索人类灵魂的著作并驾齐驱。

不同之处在于：这本日记将激起人们普遍的好奇心，因为它的

---

① E.T.A. 霍夫曼（1776—1822），德国作家，其杰出的著作风格怪异，为德国浪漫主义代表人物。他的作品对包括爱伦·坡在内的许多作家颇有影响。

② 海因里希·冯·克莱斯特（1777—1811），德国文学史上极具争议的作家，与歌德、席勒一起并称德国古典文学三大巨匠。

③ 让·保罗·里希特（1763—1825），德国作家，作品结构散乱，想象力丰富，有些比较晦涩难懂。

作者不再是遭人诟谤的埃德加·爱伦·坡——此人在短短一生中背负了恶浪般汹涌的辱骂——而是：匿名。

此刻，在惬意的悠然中，我放下手头每日清晨关于普罗提诺和耶雷米亚斯·戈特赫尔夫 ① 的例行阅读，以便在日记中记下些许思考的心得。读这两个人的作品，前者纯粹为了思考，后者则出于翻译的目的（生于瑞士的哥特小说大师戈特赫尔夫在我国却鲜为人知，还有谁比我更能胜任把他的作品翻译成英文的工作呢?）。倘若身处费城，想要在日记里写下这些体悟，简直是一件无法想象的事情。

意想不到的是，四十一岁这年，我终于能对身边的人有所"裨益"，这让我着实感到欣喜，尽管这些人对我来说很陌生；而除了知道我是比尼亚德尔马灯塔的管理者之外，他们对我也一无所知。通过参与萧博士的这项实验，我不光用这种特殊的方式在协助商业巨头方面发挥了实际的效用，对科学认知也不无裨益，同时还实现了我自 V 去世后最迫切的愿望——一个人独处。啊，这简直让人欢欣雀跃！普罗提诺和戈特赫尔夫；除了墨丘利身边再无旁人；工作如此简单，一个十岁的孩子都可以胜任；可以把浩瀚的大海和广袤的天宇当作最具幻想性的艺术品来解读。就我的个人气质的某一方面而言，全身心地融入社会生活乃是一个可怕的失误。尤其是，打十五岁起，我就染上了玩牌、酗酒、寻欢作乐的恶习。（根据我

---

① 耶雷米亚斯·戈特赫尔夫（1797—1854），瑞士德语小说家，本名阿尔伯特·比齐乌斯，代表作有小说《长工乌利》《黑蜘蛛》等。

和萧博士达成的约定，我大约三千五百美元的债务像被魔术师手中的魔棒轻轻挥了一下，就一笔勾销了！）而此刻，我却享受着"孤独"的特权，在这样一个幽僻之所，长时间地凝望着大海，无边的水面波动着涟漪，好像充满了不安的思绪；这里是名副其实的海边王国，我对此渴慕已久。"萧博士，谢谢你，我不会让你失望的，我发誓！"

1849 年 10 月 9 日

今天——不过是到灯塔的第三天——写日记时心情有些复杂。昨晚，狂暴的风声搅得主人和狗都焦躁不安、难以入眠。仿佛故意捉弄人似的，孤独的回声像鬼魂一样死死纠缠着我。"孤独"。让人无法理解的是，直到这一刻我才发现这个词竟蕴含着如此不祥的声音。（我的爱妻 V，倘若她能再次回到我的怀抱，我定会保护她，而她活着的时候，我却没能做到！）躺在凹凸不平的床上，我曾猜想过，这些石砌的墙壁之所以设计成漏斗的形状，定是出于某种邪恶的企图……但事实并非如此，是我在浑说罢了。

独自一人，我会像传说中的尤娜路姆①那样听到音乐：一股忧郁如此甜蜜地穿透五脏六腑，那是一种美妙绝伦、令人迷醉的痛楚。独自一人，像神气活现的墨丘利那样，我将昔日的忧愁抛于脑后，兴致勃勃地凝望着辽阔的苍穹；和陆地上的景致相比，海上的

---

① 爱伦·坡写过题为《尤娜路姆》的诗作，以美女夭亡为主题，哀悼他的亡妻弗吉尼亚，诗中满是悲伤的情调和黑色的氛围。

天空显得分外澄明。独自一人，我观察着为哥特小说大师们所洞悉的玄妙，即大自然似乎是想象力意志的体现：太阳从东方的天空冉冉升起，好一片如梦似幻的瑰丽，连云丛中最朴素的一朵也焕发出美的神采。当然，倘若没有光明卫士，也就是"我"（"眼睛"），如此美景怎会显现，更何谈诉诸语言？

我为此感到快乐，这个至高无上的"我"。午后的风越发慵懒，从岛上一处卵石遍地的岸边吹过来，空气中弥漫着海水的味道和腐烂物的气息，而那一带我还没去过。

1849 年 10 月 15 日

亲爱的墨丘利忠实可靠，我跟它在灯塔及其周围地区悠闲自在地转悠；时间一天天过去，在这个陌生的地方，我们俩竟更多地感受到了"家"的怡然。关于灯塔的历史，我曾在爱丽尔号上听到过不同的传闻，但无法判定哪种说法更确凿可信。最普遍的一种说法就是，比尼亚德尔马灯塔的来历无从考证：在西班牙统治时代到来之前，人们在一座岩石嶙峋的岛上发现了它，塔身大概有现在的一半高，由简单打制的粗糙石块和灰泥修建而成。一些人认为这座塔足有好几百年的历史，而其他人则倾向于一种更为理性的推断，即认为它是由现在已经灭绝的智利印第安人的一个熟悉航运的部落修建的。

在灯塔底部，确实可以看到原来那座古塔的残迹；而二十英尺以上，灯塔则是"崭新"的——尽管它至少已有一个世纪的历史。我听人说，智利西海岸这片水域最为凶险，暗礁林立，看起来就好像是暴戾的安第斯山脉侵入了大海，水手们对此怨声载道，灯塔俨然成为一种必须。事实上，这座建筑的确气宇轩昂！——你几乎都要称之为"神圣"了。

（不过我倒觉得，这种神圣由于灯塔自身的局限而受到了某种程度的削弱：这些盘旋而上的台阶简直没完没了！人无论上台阶还是下台阶，都会累得精疲力竭，而下台阶更容易让人感到天旋地转！初来比尼亚德尔马灯塔的这些天，我的小腿肚和大腿已开始感到酸痛，加上还要低头看脚下的台阶，脖子也变得僵硬了。说真的，我已经失足过一两次，要不是我及时伸手抓住了护栏，肯定会摔倒把脑袋磕个稀巴烂。别看墨丘利活蹦乱跳的，一爬台阶也是气喘吁吁！起初，我数了数台阶共有一百九十级，第二次数是一百八十七级，第三次数是一百九十一级，第四次嘛，还是以后再数吧。从最低的水位线到大灯笼上方的塔顶，灯塔看起来足有二百英尺高。不过，从灯塔内部的最底端到最高点的距离要超过二百英尺——因为即使在退潮时分，塔内的最低点也要低于海平面二十英尺。依我之见，塔基空旷的内部本应该用坚硬的石料填满，以使它和塔的其余部分同样坚固。毫无疑问，这样一来，整座塔就会显得更加"安全"——我又在胡思乱想些什么呢？无论海浪还是飓风，都无法攻破这道坚固的铜墙铁壁——它高出最高水位足有五十英尺之多，厚度至少可达四英尺。塔基的材料主要是白垩，这的确是一种奇妙的物质！）

瞧！灯塔竟让我生出一种奇妙的自豪感：我是它唯一的管理者。我从不在塔底过多地逗留，我对这种阴湿、狭小的地方有一种病态的恐惧，因此更愿意在塔基周围开阔的空地上漫步。仰望苍穹，就好像子孙后代们正在洗耳恭听，我大声宣布："灯塔的设计无与伦比，然而缺乏一种神秘的气韵：人们不过出于纯粹的实用目的来设计灯塔，毫无浪漫或深奥的用意。"在我脚边，墨丘利顽皮地和着自己的回声，兴奋地叫个不停。

此刻，这条躁动不安的猎犬一会儿在巨大的砾石堆里翻找，一会儿又在卵石遍布的海滩上搜寻，我可不喜欢它这样瞎折腾。可怜的"猎狐手"并不明白，这个偏僻的地方压根儿就没有狐狸可供它猎捕，它也无法带着胜利的荣耀将猎物带到主人的面前。

1849 年 11 月 6 日

睡眠不好，有些日子没写日记了，原因是一团奇怪的流云，或者是霾，突然来袭，把一些如恶魔般疯狂叮人的虫子从陆地吹了过来；这是一种会飞的蚂蚁，乍一看，简直就像和蜘蛛杂交的产物！谢天谢地！正巧一阵强风朝我们刮来，将这些微型女妖一股脑儿卷向大海了！不过，我已制定出了日程表，记录如下：

> 天一亮立马起床
>
> 爬上塔顶熄灭灯笼
>
> 洗漱，刮胡子等等
>
> 早餐，同时看书 / 做笔记
>
> 跟墨丘利外出散步，游玩 / 沉思
>
> 写日记

午餐，同时看书 / 做笔记

下午：外出游玩 / 看书 / 做笔记 / 沉思

晚餐，同时看书 / 做笔记

爬上塔顶点亮灯笼

上床睡觉

啊，你在摇头，对吧！这张日程表在你看来简直是令人窒息的监禁生活。不过，我向你保证，事实绝非如此。我可不像可怜的墨丘利，为这撩人的春光所撩拨，一会儿神采飞扬，一会儿懊恼沮丧（要知道，南半球十一月的气候和北半球的四月相仿），仿佛它要寻觅的不单单是猎物，还有一个配偶；而我孤家寡人一个，倒觉得舒畅惬意。正如帕斯卡尔的《沉思录》第一百三十九条所言：

……人类的一切不幸源于一个简单的事实，即他们无法安于房间的寂静。

这本日记将会见证，这个"真理"是放之四海而皆准呢，还是只适用于弱者。

1849 年 11 月 15 日

中午时分，在东边几英里的地方有一艘船正朝麦哲伦海峡方向驶去，很可能是要前往布宜诺斯艾利斯的大港口。白天海面上风平浪静，这艘船并不需要比尼亚德尔马灯塔的帮助，我瞬间生出一股莫名的恼怒。"伙计，有本事晚上驶过这片水域看看，你们就不会如此心安理得地无视灯塔管理者的存在了。"

1849 年 11 月 19 日

夜里睡得断断续续，天刚亮就醒了。吃早餐的时候（没什么胃口，说不上为什么），继续艰难地翻译《黑蜘蛛》；然后，我如释重负一般，开始看普罗提诺的《九章集》。让人想不通的是，昔日的我怎会如此粗心大意，竟然忽视了他。（萧博士真是乐善好施，除了比较实用的生活必需品外，还给我提供了大量的书籍；其中有些书是我自己的，但绝大多数大部头书籍和杂志都是他的藏书。）普罗提诺是位古代学者，他关于宇宙、数字、灵魂、永恒真理以及"太一"的论述，于我这个比尼亚德尔马灯塔的朝圣者是一种完美的契合。我不断地为自己能怡享孤独而感到吃惊，不过我相信，对于孤独，我还有更深层次的东西需要挖掘。

普罗提诺对于医治悲伤有奇效，这一点毋庸置疑。自打亲爱的V离我而去（当时她正在唱美妙动听的《安妮·劳瑞》，我如痴如醉地弹着钢琴为她伴奏，谁料想她雪白的脖颈上有一根血管突然爆裂，她痛苦不堪，最终死去），一个人独处寂静的时候，我就发誓要过独身生活，并在余下的悲惨日子里忏悔过去。V对渗透于人际交往诸多方面的兽性感到惶恐不安，甚至包括夫妻生活，对此我也有类似的厌恶。虽然我喜欢抚弄墨丘利，摩挲它竖起的耳朵，但若要如此亲近地接触一个人类，那我可受不了！因为即便是一位先生和另一位先生之间简单的握手，也会让我心生反感。"孩子，你的手冷冰冰的，"在费城港口道别时，萧博士打趣道，"女士们向我担保说，那是你'内心火热'的标志，是吗？"

（这里还有件奇怪的事：在这个偏僻的地方，以前能听到的净是些恶魔般的海鸟的叫声，以及海浪和风的哀鸣混合在一起发出的单调的喧响，而近些天来，我却清清楚楚地听到了萧博士的说话声；在头顶飘过的云朵里，我竟看到了萧博士的面孔：他神情肃穆，留着络腮胡子，硕大的鼻子上架着一副闪闪发光的眼镜。"我的孩子，"他这样叫我——虽然我已经四十一岁，早就不是个孩子了——"在推进科学认知方面，你注定要扮演一个举足轻重的角色。"我对这位先生抱有深深的感激之情，他把我从分崩离析和自我折磨的生活中挽救出来，并让我参与这项实验，其目的是为了探究"完全的隔离"对于一个普通人类"男性个体"所产生的影响。萧博士显然没有觉察到其中的讽刺，虽说我看起来似乎是个极其正常的男性，但我绝不普通！）

1849 年 11 月 28 日

远处，有几艘船驶过。海鸟盘踞在这里，闹闹嚷嚷叽叽喳喳的，直到墨丘利和我上前将它们驱散。夜间突来一阵猛烈的风，将平时海里的那些污秽不堪的生物（有的肢体残缺不全，有的受了重伤，但身体还在死命地蠕动挣扎，那情景实在令人作呕）冲上了卵石遍布的海滩。

我之所以在日记中对这些"蠕动的生物"着墨不多，就是因为我对这些低等物种怀有最无情的鄙弃和傲慢的漠视。不过，也许我应该提一下：海边激荡翻腾的潮水距离灯塔的入口处还不到十五步远。值得庆幸的是，风又朝另一个方向吹去，我的鼻孔不用再受那些臭气的熏染了！

夜晚并非如我所期待的那般万籁俱寂。墨丘利被梦中血淋淋的捕食的欲望和跳蚤折腾得不能安生，呜呜地抱怨着，并朝自己身上咬了几下。

1849 年 12 月 1 日

我简直都要窒息了！不是因为爬了那该死的台阶，而是为了另一桩十分恼人的事情。

一连好几天阴雨，噼噼啪啪的，那声音像做棺材的人苍白木然地敲敲打打，实在无聊透顶。午后，从密集的云团中突然射出一道耀眼的光线，墨丘利兴奋地叫了起来，惊醒了正对着普罗提诺打盹的我，于是我们急忙冲到外面，像孩子一样尽情地撒欢儿游玩。要是 V 看到我们这副滑稽相，一定会惊讶得目瞪口呆！

不过，我们的可活动范围实在太小了，比快艇刚送我们到这里时（多少个星期之前？）看起来还要小：我估算了一下，灯塔的直径不到一百英尺，几乎遍地都是坚硬无比的岩石。灯塔入口处的外面是层层堆叠起来的岩石，好像浑然天成的石阶，一直伸向大海。毫无疑问，这恰好解释了灯塔为什么会建在这个依着岩石的地方。灯塔入口处的左边，巨大的砾石群盘踞在那里驻守着大海，我给它取名"万神殿"。这些巨石的外观宛如一张张原始人的面孔，透射出一种粗犷古朴的神圣，仿佛有一位古代的雕刻家在从一堆毫无生气的石料中凿出"人"的形象时受到了干扰而中断了工作。（不过，你可以想见，这些巨石被臭气熏天的鸟屎裹了个严严实实，而你是知道的，有鸟屎的地方一定会有贪食的虫子嘤嘤嗡嗡吵个不停。）

然而更令人感到恐怖的是，在灯塔入口处的右边①，是一小片乱石滩，再往远处，就是我前面顺便提到的散发着恶臭的卵石海岸。一提起这片区域，就会让人感到阵阵恶心。我给它取名"停尸房"，虽然遍布在那里的绝不仅仅是海洋生物腐烂的尸体。（墨丘利和它的主人制造的"废物"必须处理掉；然而这片蛮荒之地既没有下水道，也没有用人来把房间里的便盆端出去倒掉，因此这项任务可不是轻而易举就能完成的。作为崇尚礼数、对文明社会的优越生活习以为常的绅士，萧博士根本不会考虑到这个问题，而普罗提诺、戈特赫尔夫、帕斯卡尔以及卢梭等人，在他们的著作中对此也是只字未提。）

管他呢！绕着灯塔一圈圈转悠，一边是"万神殿"，一边是"停尸房"，虽然困在两者中间，墨丘利和我照样爬上爬下，沐浴着初夏的阳光，似乎明白太阳的温暖、风儿的轻柔、温度的舒爽，这种完美的结合不可能长久地驻留。我俩猛地闯进海鸥、矶鹬和燕鸥群中，吓得它们拍着翅膀厉声尖叫。更厉害的是，我们竟向一只体型巨大的黄鼻头信天翁发起了挑衅：当时我把手拍得山响，大声吼

---

① 原文为"to the left of the Light-House entrance"，但从上下文来看，显然是右边，疑似作者笔误，故改译为"右边"。

叫，墨丘利也狂吠个不停。那只孤军作战的大鸟猛地冲上云霄，有那么几秒钟，它在我们头顶紧张不安地扑棱着那七英尺长、状如马刀的巨翅，好像要伺机发动撤离前的最后一次攻击。"我们把敌人赶跑喽，墨丘利！"我大笑着欢呼道。当然啦，这纯粹是一场嬉闹，而看到这一切，你定会忍俊不禁的。

直到此刻，我的思绪仍纠缠于那场遭遇战，心脏也不安地怦怦直跳。但我明白，就算抓住了那只美丽大鸟的颀长的腿，我也绝不会伤害它，我定会立马松手放它走。像亲爱的 V 一样，我对一切生灵心存友善，不希望它们受到任何伤害。（至于墨丘利，它天生就是要在猎捕狐狸以及类似的活动中助主人一臂之力，并得到几块血淋淋的战利品作为犒赏。啊，我可不敢再往下说了！）

1849 年 12 月 5 日

墨丘利太让我生气了，我要在日记中提到这一点，尽管这对后世意义甚微。

让人讨厌的狗！我站在灯塔的门口喊它，"墨丘利！过来！我现在命令你，过来。"它却不听使唤。最后，它终于露面了，带着一脸的愧疚从藏污纳垢的"停尸房"那里往回走；尽管主人反对，但一条野性难驯的狗会在那里放开了性子撒欢打滚儿。

"停尸房"：那是什么鬼地方？那里压根儿就没有可供猎狗追捕的狐狸，净是些一夜之间被冲到岸边的令人作呕的"猎物"：有已死或快死的鱼，形状各异，面相狰狞；有小个儿的章鱼和水母，一些无脊椎生物从碎裂的躯壳里慢慢露出身体；还有一种细长的海草尤其令人生厌，就像蛇一样在浅水中扭动着身子，我好奇地盯着它们看了好儿分钟，真是大千世界，无奇不有啊。终于，墨丘利来到我的面前，尾巴夹在双腿之间索索颤抖。"墨丘利，过来！好样的。"惩罚并非我的本性，不过我知道狗必须受到管驯：如果主人奖罚不明，狗就会感到惶惑茫然，而且会变得张狂顽虐，迟早会和主人反目成仇。因此，对于墨丘利，我要从严管教。我高举起拳头，仿佛要砸向它那颗战栗的脑袋，它那双琥珀色的眼睛，平日里盛满了对我的爱，此刻却闪动着动物的惊恐。但我并没有出手，只是训斥了它几句便作罢了。回灯塔的路上，这个满心悔意的生灵紧跟在我的身后，不多一会儿，我们又和好如初了。太阳落山前，我们狼吞虎咽地吃着晚餐；日落后没多久，我们便酣然入梦了。

（啊，睡眠！当它真正来临时，竟是如此甜蜜诱人！虽然我几乎天天都黏在床上，但这些天来，太阳出来好一阵工夫了，我才从汗津津的昏睡中醒来，然后立刻便觉得疲惫不堪，又想再躺下睡会儿。虽然那张坑坑洼洼的床散发着我和以前所有睡过它的人的体臭，但事实证明，天天晾晒被褥和床垫实在无聊透顶，就像天天要脱衣和穿衣那样乏味无趣。因此，就算我不能像女士们期望的那样，让亚麻床单闻起来清香怡人，把下巴刮得干干净净，在这里又有谁会看见呢？说真的，墨丘利才不会在乎主人是否不修边幅呢！）

1849 年 12 月 11 日

天气非常暖和。"没有风"——"浑浑噩噩"——"一片死寂"。透过望远镜，我发现东边几英里处有艘船因为风力不足无法航行而停在那里，但离得实在太远了，没法看清楚：船究竟是美国的、英国的，还是其他国家的，就不得而知了。尽管如此，我还是跟往常一样，必须履行自己的职责，这一点我从不马虎。太阳落山的时候，我和墨丘利踏上那该死的台阶，去点那根浸透着恶臭难闻的煤油的灯芯，一连好几个星期，那股刺鼻的气味使我们的鼻孔备受摧残。

通向灯笼的台阶共有多少级？我已经非常确信：一百九十六级。

1849 年 12 月 12 日

天气非常暖和。"没有风"——"浑浑噩噩"——"一片死寂"。黄昏时分，我爬上台阶去点灯，只见一团血色迷雾笼罩着天空，一切都淹没在朦胧之中。我不知道，远处是否会有人看见这微弱的灯火？他是否能从我身上感受到一颗为孤独所吞噬的同类的灵魂？

1849 年 12 月 17 日

天气非常暖和。"没有风"——"浑浑噩噩"——"一片死寂"。中午的时候，好斗的天使们在弥尔顿的那部伟大史诗中就等级位次发生了激烈的争吵，我不得不暂停阅读。墨丘利夹在一大群种类各异的海鸟中间，急切地想让我明白，眼前的一切跟它可扯不上关系。实际情况是这样的：一只巨大的海洋生物被冲上了岸，一群鸟厉声尖叫着在它身上又刺又啄，直到残破的尸体露出了那具骇人的骨架。啊，实在太可怕了！还有，简直臭死人了！我感到一阵阵强烈的恶心，戈特赫尔夫那高雅晦涩的德语作品我可是连一页也看不下去了。

不过，我要为这些好战的鸟类辩护：它们是清道夫，大自然需要它们来处理掉已经死亡和正在腐烂的尸体，要不然这些污秽之物将对比尼亚德尔马的活人构成危胁，并最终将我们彻底摧毁。

1849 年 12 月 19 日

今天，一场突如其来的冲击！我万分惊愕，实在不知道要不要在日记中写下这一笔。

当时，我把普罗提诺和戈特赫尔夫的书暂搁一旁，转而开始翻阅一堆费城自然主义学派的著作，这些和别的书一样均为萧博士的馆藏书。猛然间，我看到一篇写于一八四六年的文章，其中的一番论述实在令人惶恐不已。文章署名为伯特姆·萧，医学博士，题目是《论完全隔离对某些哺乳类动物的影响》，也就是说，研究田鼠、天竺鼠、猴子、狗、猫或"健康的马驹"。这些命运多舛的生灵被萧博士关进实验室狭小的围栏里，给足食物和水，但不被允许看到自己的同类，既没人对它们说话，也没人伸手给它们抚慰。起初一段时间，这些动物的食欲极度膨胀，对着食物大嚼大咽，慢慢地，它们完全丧失了食欲，一个个没精打采，有气无力，并断断续续地沉睡，最终陷入昏迷状态。虽然死神带走这些动物试验品的方式"各不相同"，但它们的死比起正常的死亡要来得快得多。末了，萧博士以胜利者的口吻总结道：就细胞层面而言，死亡不过是有感知力的生物体的系统性分解。

事情似乎是这样的，这些生灵与世隔绝，囿于自身的单一存在，最终因知觉麻木而"窒息"；它们充沛的精力，一种生命的电流，渐渐停止了流动。我怀着忐忑的心情把这篇论文看了好多遍，不得不佩服这些论断所透射出的科学豪情。不过，这本书（在灯塔阴湿的环境中已遭虫蚀）最终从我手中滑落，掉到了地上。

"萧的错误就在于，他的'孩子'根本不是一个普通的人类样本。"于是，我开心地笑了起来，墨丘利蹦蹦跳跳地跑进灯塔，又喘又叫，满心期待地望着我，似乎在找寻答案：我笑是因为快乐吗？啊，究竟是怎么一回事呀？

1849 年 12 月 25—29 日

浑浑噩噩的日子，日记不知从何写起。说不上原因。

1850 年 1 月 1 日

今天是新年，不过，灯塔之上的"新"全都体现在我对那条不服管教的猎狗的愤怒程度上。

我唤了它一整个下午，此刻暮色苍茫。我得一个人吃晚饭了，陪在我身边的只有一本晦涩的《黑蜘蛛》……不过我很难集中注意力，也许是因为疲惫，也许是跳蚤叮咬的缘故，我的眼睑肿了起来，而且手指僵硬得连那支该死的笔都握不住了。有天上午发生了一件小意外，打那以后我就"看不见"自己了。那面剃须用的镜子，也是灯塔上唯一的一面镜子，从我沾满肥皂泡的手中滑落，在石板地上摔了个七零八落。"墨丘利！过来，我命令你！"——没有动静，我只听见海鸟的一声嘲弄，伴着海浪浅浅的醉醺醺的笑声。

"墨丘利"这个名字是 V 取的，她从外面把这个小弃儿捡回家时，瘦小的它几乎快饿死了。起先，它完全属于 V，后来，我也渐渐喜欢上了它。我跟动物待在一起总觉得不自在，也不相信犬类那狂热的"忠诚"，那在我看来，简直就像是伪善地露齿一笑。不过，我觉得墨丘利比较特别：它是一条极其"活跃"(也就是机警、活泼)的猎狐犬，虽说不是纯种，头部、胸部和腿却长得有模有样，并具备这个品种好动聪敏的特性。它精力充沛，非常热衷于刨刨挖挖，或是在洞穴里四处搜寻可能藏匿的猎物。V 之所以给它取名"墨丘利"，是因为它举止古怪滑稽，并且从小就对人怀着异乎寻常的感情。跟我一样，V 的死对它打击很大，它整天郁郁寡欢。不过，我们开始南太平洋冒险的这些日子，墨丘利的精神似乎有了起色。

它的皮毛是猎犬常见的那种混合色：拳曲的白色毛发上点缀着浅棕、深棕和红等深浅不一的颜色。不过近些天来，它的毛却凌乱不堪，黯淡无光，简直没法见人。这得怪我没有像它希望的那样，抽空为它梳理，因为我常常连拾掇自己的时间都没有。(说来也奇怪，时间似乎在我们面前哈欠连天，多得就像足以将我们吞没的大海那般浩瀚，可我们竟没有时间来做这些小事。)

我得承认，也许部分责任在我：我给它吃的那种深褐色饼干又干又硬，上面时常会爬满蛆虫，因此墨丘利一直都没什么胃口。我竟然从未想过应该给它备些别的食物，比如肉罐头什么的，不过也许根本就没有足够的空间来存放这些东西。我的饮食是全素的——罐装的脱水水果和蔬菜，饼干和年糕之类的谷制品，还有瓶装的矿泉水，萧博士向我保证这些东西含有"极其丰富"的营养物质。像

V一样，我的禁欲主义已经膨胀到排斥一切肉类的程度，其中就包括所有生物体中最令我讨厌的海鲜和鱼。不过我明白，猎犬不比其他生灵，猎捕是它的天性。然而可悲的是，从墨丘利的口鼻上残留的脏物和越来越难闻的呼吸可以断定，它已不止一次吃过动物的死尸了，而因为怕它中毒，我曾竭力制止过它这么做。

"墨丘利！过来，吃晚饭了。算我求你了。"然而不见它的身影，唯有惨淡的暮色和海浪的拍击声。此外，灯塔下面传来一种可怕的声响，仿佛有东西正在把肉、软骨和骨头撕扯开来，还有咀嚼声，以及令人作呕的亢奋的吞咽声，恶心得实在难以描述。

1850 年 1 月 18 日

我生日的前夜。可我已经不记得自己的年龄了。

1850 年 1 月 19 日

今天的新鲜事：我储存的米糕里，象鼻虫竟泛滥成灾，我试着用手指把它们拣出来，但由于恶心得呕吐不止而最终放弃。

1850 年 1 月 23 日

今天，我才发现支撑灯塔的岩石塔基呈椭圆形，好比一只畸形蛋，直径不到九十英尺，比我原先想象的还要小。灯塔比实际看上去似乎要高出许多，每天晚上我都要花费更多的气力爬上台阶把灯笼点亮，以履行我作为灯塔管理人的职责。(在雾色弥漫的夜晚，我不知道灯笼的光芒能否穿透这种昏暗；还有就是，我的辛苦又有何意义。我既看不见、也听不到任何能够被确定为"人类"的物什，我开始怀疑这番伟业纯属徒劳。)

此外，塔身向白垩地基下陷的程度超出了我的预想，这几乎会让人联想到，空荡荡的塔基可能会是某种穴居动物的藏身之所。(想想就让人觉得很不舒服：会有什么动物栖居在这样一个深深低于水位线的洞穴呢？当我逼着墨丘利去打探这个地狱般的地方时，它不高兴地呜呜叫着，身子鼓足了劲在我手底下蹦跳。我哈哈大笑起来，松手放开了它。)

1850年2月1日

黄昏时分，我没去爬那该死的台阶，也没去点那该死的灯芯。为什么呢？

早先，我看见了一小队西班牙大帆船。不过那究竟是雾的障眼法，还是我因眼部浮肿而产生的视觉幻象，还是真正的船队，我不得而知，也懒得关心。这些胆大妄为的船只正朝麦哲伦海峡驶去，并驶向更远的地方。我顿生一个卑鄙的念头(不过确属"爱国之举"——就让日记如实记录吧)，我才不会把灯笼点亮为西班牙鬼子保驾护航呢，让他们自个儿摸索着通过这片险象环生的水域吧。"让那位船长向他的罗马天主教上帝求取安全到达海峡的福祉吧。"

1850年2月4日

高温天气。头脑昏沉。万物呼出恶臭的气息。现在还只是二月，等到三四月份，更酷烈的天气将会袭来。

令我忧心的是，我和墨丘利之间的一场激烈争吵已经使它疏远了我，对此我也无可奈何，谁让它不听话跑到"停尸房"那里去呢，而且在一堆污秽中大吃大嚼，肆意狂欢，弄得嘴巴上满是血污，齿缝间沾满了动物内脏的残片，最后竟胆敢再回到我——它的主人身边。往日被 V 梳得丝滑闪亮的皮毛，此刻却因血渍和难以言状的污物而皱缩成团。"畜生！你真让我恶心。"我举起拳头要教训它，它的身子只微微抖索了一下，吃红了眼的瞳孔眯成了缝。这一次，我没有犹豫，挥拳狠狠地砸向那皮包骨头的脑袋，并放开手脚肆意踢打这个杂种瘦骨嶙峋的背。它朝我耸起颈部的毛，露出污迹斑斑的牙齿咆哮起来，我抓起那根从水里捡来的短棒，不假思索地冲它的脑袋狠命一击，它立刻倒地，躺在那里痛苦地呜咽、抽搐。"这下，你该明白究竟谁是主人了吧，呃？不是你这个卑贱的犬类的一分子，而是人类的杰出一员。"

我开始明白，这终究是物种的问题。普罗提诺绝不会有此感悟，甚至亚里士多德也不会。虽然戈特赫尔夫活到了这个世纪，但他也不会。

1850 年 2 月 17 日

现在，墨丘利死了。我把它可怜的尸体用石头围了个严实，那些食腐动物只能望而却步。

1850 年 2 月 20 日

热浪滚滚，扑面而来，生活失去了知觉。我竟无法哀悼我死去的伙伴：白天，我困倦至极；晚上，我怒不可遏。晚上借着油灯的光亮写下的日记，笔迹凌乱不堪，你会以为我写日记时发生了地震。我曾做过一个梦，火山的岩浆吞噬了全人类，只有一人幸免于难：比尼亚德尔马灯塔的管理者。

1850 年 3 月 1 日

独眼兽，我这样给它们命名。一种最原始也最令人惊异的生物，哥特鼻祖这个称号它们当之无愧，要是荷马见了它们也会倍感震惊。起先，我并不知道它们是两栖类动物，现在终于发现，至少在白天，它们会待在卵石海岸尽头的水洞里；到了晚上，它们会像特洛伊的入侵者那样从洞里出来四处觅食，并吞掉它们的爪子、嘴巴以及尖利的牙齿所能捕捉到的一切肉食。很显然，墨丘利就遭到了这样的横祸。

不过，独眼兽主要还是一种食腐动物。体型较大的那些显然是雄性，身体跟一头野猪不相上下。身为海滩威风凛凛的霸主，它们会发动突然袭击，并活生生地吞掉惊声呼号的猎物，这其中包括一种个头巨大的蜘蛛蟹（想想就觉得很恐怖）和一种大头鱼或爬行动物，后者身上覆有摄人心魄的闪光鳞片，我给它取名水脑怪。此外还有通常在这里栖息的海鸟、海鸥和鹰，它们往往会毫无戒备地在卵石上沉睡，就像那天晚上发生的悲剧：可怜的墨丘利被猎犬嗜血的欲望所俘，稀里糊涂地闯入了梦魇般可怕的野兽的领地。我无法在日记中将这一切记录下来，曾经我只希望能表达出人类最崇高的情愫。在睡梦中，我听到我的伙伴哀婉的呼唤，它似乎在叫"主人！主人！"，而亲爱的 V 和它一同呼喊着，希望我能救救它。我从梦中惊醒过来，把对"停尸房"的憎恶抛在脑后，跌跌撞撞地冲到墨丘利身边，只见一只雄性独眼兽正死死将它咬住，一心想要生吞了它，不幸的猎狐犬出于求生的本能疯狂地挣扎着。情急之下，我捡起一块块石头，不顾一切地砸向那头残暴的食肉动物；我惊叫着，号哭着，抓住墨丘利的身体死命地往回拽。最后，我终于把墨丘利从那些可怕的锯齿下"解救"了出来——啊，已经太晚了！此时，可怜的家伙，它的身体已经被部分肢解了，血流如注，悲号声声。最后它猛地抽搐了一下，死在了我的怀中……

我无法继续写下去了。一阵阵恶心不断翻涌，惊骇的画面将我裹挟。厄舍古屋阴暗的地狱已荡然无存，独眼兽破门而入。耶雷米亚斯·戈特赫尔夫关于蜘蛛的哥特式幻想再怎么惊悚，也难以招架这种恶魔般的怪兽！在一场噩梦里，亲爱的 V 前来斥责我，说我对我们的"长子"弃而不顾，才使它遭到了这样的厄运。我目瞪口呆地望着 V，就好像打我们结婚那天起，我就再没有看见过她似的。梦里的她不过十三岁，却生得楚楚动人，圣洁如风中飘飞的雪花；平生第一次，我听到了她的哭泣声，那流泪的诅咒：

"你这个男人，无论下地狱上天堂，我再也不想看到你了。"

1850 年（？）日期不详

真见鬼！拿起这支笔，本想试着在羊皮纸上写点什么，笔却从我枯爪般的指间滑落了！原先储藏的大部分墨水已经干结，如同我的资助人一样没了踪影（他的名字我已经想不起来了，然而在海鸥的尖叫声里，我听到他那揶揄的声音在叫：我的孩子，我的孩子。

在成团的云朵中，我看见那张该死的脸对我怒目圆睁）。我的宝贝"图书馆"里的藏书已经被蛀虫和象鼻虫糟践得实在没法看了，那些罐装食品也已被蛆虫据为己有。倘若看到我眼下这副模样，整座费城的人可能都会不寒而栗："那是谁？那是个野人吗？"——所有人吓得连忙后退几步，然后女士在内，大家哄堂大笑起来。你们看这个人哪！①

1850 年（？）日期不详

我必须牢记，费城已经毁灭了，连同整个人类，"只有我大难不死，来为你们讲述一切"。

日期不详

迷宫似的台阶在我头顶蜿蜒盘旋，我早已不再去爬了。朦朦胧胧中，我想起了一只"灯笼"——一盏"明灯"；隐隐约约地，我想起了一位灯塔管理者。如果墨丘利还活着，我们定会大声嘲笑这种愚蠢的行为，因为迫在眉睫的问题是吃饭，吃好饭，以便饥饿的怒涛能平息下来，不致将我活活吞没。

日期不详

带着绝望和厌恶，我将最后几罐腐坏的食物扔进了大海。我喝

---

① 原文为拉丁语：Ecce Homo。语出《圣经》，是彼拉多将戴荆棘冠冕的耶稣交给犹太人示众时说的话。

掉了最后那点已经微微发热的矿泉水，用肉眼就能看到水中那些半透明的浮游生物正在游玩欢跳。难以遏抑的饥饿让我心神不定，不过，一切才刚刚开始，就像夏天的溽热才刚刚启程。

日期不详

虽然花了点时间，但我最终还是搞清真相了：潮水还没有完全消退时，墨丘利就愣头愣脑地闯进了独眼兽的水洞觅食，它迫不及待要品尝那些鲜嫩可口的幼崽，而它们正紧紧地噙住雌兽的乳头，如泣如诉地喵喵叫着。我明白必须在岩石堆中等待，伺机而动。

十分蹊跷的是，夜幕降临后，等我离开巢穴的时候，难闻的味道已经没有了。

起先，我不想看到我的"猎物"，就把眼睛遮挡起来——甚至张口大嚼大咽时也是如此——现在，我已无暇顾及这些细节了，因为胆子大点儿的海鹰很可能会趁着我缩手缩脚的当口把猎物抢走。休想！现在，随着饥饿感不断膨胀，我的脸皮也一天厚似一天。眼下，比尼亚德尔马灯塔的热浪实在灼人，饱餐一顿后，我躺在一堆吃剩的骨头残肉中休息，梦中竟又出现饥不择食的场景，简直无药可救了。在这座人间地狱，我已变成了一根弯弯的肠子，一头连着咀嚼的牙齿，一头接着排泄的肛门。如果不是饿花了眼，我会不紧不慢地剥皮、拔毛、去爪、掏肠、剔骨，然后放在提前备好的柴火堆上烘烤，最后美美地享用。但更多的时候，我没有这样的闲情逸致；饥饿像潮水般汹涌难挡，我必须像别的动物那样用牙齿把肉从骨头上撕扯下来吃掉。啊，我可没工夫理睬那些倒霉蛋儿死命的

挣扎和惨叫:

——任何种类的海鸟,甚至包括幼小的黄鼻头信天翁。一旦它们毫无戒备地飞近我在乱石堆中的藏身处,我便猛地伸出爪子一把将它们抓获。

——大个儿的水母、海龟和章鱼。它们的肉好似皮革,必须长时间反复咀嚼。

——水脑怪幼崽(像鹌鹑肉那样鲜嫩可口,而成年后肉便尽是丝一样的纤维,还会导致腹泻)。

——独眼兽幼崽(尝起来像海贝,说不出的美味,我特别喜欢吃)。

——各种蛋类(像所有的食肉动物一样,发现蛋的迹象总令我兴奋不已;它们可不会从紧握的爪下逃脱,也不会有丝毫的反抗,液体的营养物质被我从天灵盖一吸而尽——啊,我原本是想说蛋壳来着)。

有一个事实的确让人感到可悲,无论是 V 还是跟我在费城那些窝点厮混的哥们儿对此都毫不知情,那就是,我,一位堂堂的日耳曼贵胄之后,竟必须和动物、鸟类及昆虫这些低等物种共享我的领地!它们当中,只有独眼兽才配与我平起平坐。最让人感到不可思议的是,虽然它们与人类相比还远远不及,却是进化得最完美、最富有智慧的生物。我发现这种两栖动物再神奇不过了,巧夺天工地同时具备了腮和鼻孔、鳍和腿脚;无论在陆地还是在水中,它们的动作一般都比较迟缓，而一旦它想快速行动起来，那种敏捷简直令人惊叹，甚至雌性的体格都分外强壮。独眼兽的头部和人的脑袋一般大，口鼻向外凸出，长着两排像鲨鱼一样的牙齿，竖直的耳朵呈半透明状，具有人耳的特征，尾巴中等长度，有时像狗那样翘在后面，有时后半截垂在双腿之间，弄得脏臭难闻。最令人不可思议的是，它们只有一只眼睛，因此我才给它们取名独眼兽。那只眼睛长在额头上，比人的眼睛大一倍，可以像人眼那样传达丰富灵动的情感。这个器官的新奇之处还在于，它能迅速地左右转动，必要的时候，还会从脸上隆起的骨骼中间探出来。独眼兽的皮毛呈淡紫色，光滑柔软，闪着银亮的光泽，摸起来是一种惬意的享受，而它们一旦死亡，皮毛便会瞬间黯然失色。我发现把它们的肉在火上烤熟了再吃会异常鲜嫩爽口；成年独眼兽的肉起初会有一股让人极不舒服的浓烈的血腥味，但你吃着吃着，就能尝到其中的美味了。

　　一想起独眼兽，啊，我就会油然而生一种最强烈也最邪恶的欲望，于是只好放下这支烦人的笔，太阳尚未落山，我就已经在卵石海岸的浅水区潜行窥探了。近来，我学会了用四肢爬行，下巴拂过欢跳的浪花，也不知会有什么东西游来向我致意，让我们拭目以待吧。

日期不详

　　美杜莎：一种水母，身上长着不计其数的透明的触须，泛着隐隐的红光，这不禁使人联想到人类密密麻麻分布的血管，而一旦被它蜇咬，就会痛苦不堪！死了的美杜莎触须很有韧性，如果就着一种很有嚼劲的、咸咸的绿色蛇状海草一起吃，会异乎寻常地美味。

呼噜：一种哺乳类蜥蜴，长约三英尺，肋骨又短又尖，长着猫一样的尾巴——皮肤皱褶很深，像被多次折叠的布料——雄性的嘴边长着粗硬的胡须——雌性的胡须生在嘴巴下面——要柔软得多——一副宁静安详的神情——用苏格拉底的话说就是既狂暴凶残又温良谦让——我之所以给它们取名呼噜——是因为它们相互交流时会发出一连串低沉的有节奏的呼噜声："呼噜——呼噜——呼噜"——当死亡的剧痛折磨着它们的时候，它们会发出女人一样的尖叫声，那种女高音歌唱家能发出的最刺耳的音调——呼噜的肉很筋道，吃了让人欲火中烧——像牡蛎的肉——它们的蛋呈金黄色，黏糊糊的，闪着光泽——一个偶然的机会，我发现雌性呼噜会在岛北边湿漉漉的沙土和脏物里产蛋——然后，雄性呼噜一副偶然路过的样子——（不过，在狡黠的大自然中，何来偶然？）然后通过一根管状的性器官使这些卵受精，看上去可悲而滑稽——却产生了实际的效用；在自然界，这才是关键——接下来，雄性呼噜手忙脚乱地把这些卵装进腹部的一个袋囊，这一点酷似澳大利亚袋鼠——雄性呼噜会一直照看受精卵直到幼崽破壳而出；刚出生的幼崽身体柔滑，皮肤很白，身上带斑点的是雌性，身长约四英寸，生吃的话肯定鲜美无比。

独眼兽是我在这儿的主要竞争对手，它们生性狡猾，仅凭独眼就可以看见黑暗中的东西——它的长鼻子的嗅觉比我的鹰钩鼻要灵敏得多——它们对呼噜的幼崽有着无比的贪欲，几乎要在岸边的浅水处开拓呼噜殖民地了——这一点很像人类。

我或许会把当下的这些发现汇报给费城的自然主义学派——只

不过，在那场毁灭性的大火中——所有的一切，包括那奄奄一息的文明，都已灰飞烟灭了！

淫妖：海洋中的尤物——我将其归类为一种巨型蛤蜊——在岩石缝中，常会看到它们将身体从乳白色的贝壳里探出来——就像女士们从鲸须制成的紧身裙中露出的胸部——它们的肉呈粉红色，没有骨骼，没有面孔，纯粹就是一堆海洋组织——然而，在那微微颤动的皮肤表面，似乎又能隐隐地看出某些类似人脸的迹象——我将这种蛤蜊定名为淫妖——因为当你把它们强行塞入口中时，它们便会下作地抖动——狂乱地希求逃生——它们的反抗很能刺激人的欲念——它们的肉又甜又很筋道，一只淫妖需要嚼上足足一个小时，此后接连几个小时你都不会感到饥饿——可想而知，那该死的独眼兽是跟我争夺淫妖的最大对手——它们与我竞争很有优势：独眼兽会游泳，不仅能在水中张开布满锯齿的嘴巴，还可单纯依赖直觉——而人类（迄今）尚未精通此道。

海拉，我给她取了这个名字——我的宝贝。

海拉前来寻求我的庇护——明眸善睐的**海拉**——在这万恶的魔狱里，**海拉**是我的知己啊，完全没有想到！

海拉，这个名字源于传说中的特洛伊的海伦，因为她，一千艘船只漂洋过海，特洛伊战争爆发了，无数骁勇的男儿见了冥王——不过，为美而战，这样的死多么荣耀！——我的**海拉**在我怀中颤抖不已——在此之前，她可从未见过一个像我这样的物种！她倍感震惊，简直就是一个惊天的发现——我对她的承诺穿越时空——我对她的爱毋庸置疑——一只处女独眼兽被一只兽性大发的雄性追赶着跑出了泡沫翻涌的卵石海滩，她哀叫着奔向我——那天黄昏，我不安而警觉地在海边巡视，手拿短棒，猫着腰，时刻准备着——**海拉**出现了，像维纳斯从海里冒了出来——直奔我的怀抱寻求保护，那个最淫荡、最让人恶心的畜生体型大得惊人，看起来就像基因突变的独眼兽——粗短的后腿像人那样直立着——可怕的牙齿闪着寒光，仿佛要将我的喉咙撕个粉碎——啊！它要是能追上我就好了！——可惜它办不到——我抱着我的**海拉**凯旋，她那些野蛮的同类这辈子都休想再打她的主意了！

用从前的老话说——又过去了好些时日。

我从来都拿不准此刻可能会是"几点几分"——我已经说不上为什么这些日记看上去显得如此重要——这里有"月"——那里有"年"——太阳在头顶迟迟不肯离去，天气依旧炙热难挨。

当入侵者——很显然是我的同类！——吵吵嚷嚷地上了岸并朝灯塔走来时，我的宝贝害怕极了——大船在不远处抛了锚，这些人乘小船来到这里——他们呼唤着灯塔的管理者——却发现这里空无一人，他们在我丢弃的东西中到处翻找——那张我曾睡过的床——搜寻的结果令他们感到绝望，于是带着一肚子的困惑离开了——在温暖舒适的洞穴里，我们不受任何外界的干扰——在这间白垩砌成的卧室里，**海拉**分娩了，八个浑身没毛的小家伙像猫那样喵喵叫着——紧闭双眼拼命吮吸母亲柔软的乳头——虽然这些孩子跟它们的母亲一样只有一只眼睛——（凝视着那只顾盼生辉的眼睛，视线穿透到它的最深处，我的神情开始恍惚）——不过每一个孩子都明显地继承了父亲富有贵族气派的容貌——我那高贵的鹰钩鼻——孩子们总共只有大约两英磅重，恰好可以全部放进我举起的手掌心——光线从洞穴上方的通风口射进来，啊，一位慈爱的父亲将孩子们高高举起，举到阳光里！——（当然啦，这要在小宝贝们饱食过后比较安生的时候才行！否则，它们会喵喵地尖叫个不停，小乳牙飘闪着稚嫩的愤怒）——令我感到欢喜的是，与大多数普通的新生独眼兽幼崽相比，它们的尾巴看起来并不那么显眼——它们的口鼻也不怎么前凸——我相信他们的鹰钩鼻会长起来的——鼻孔要比腮发育得更好——**海拉**不喜欢以前的两栖生活——我们发誓绝不会让孩子们知道这段历史——小宝贝们会在灯塔这座圣殿里茁壮成长——这座建筑只供我们居住，别无其他用途——反正它也派不上别的用场——这是我们海边的王国——我们的家在这里，任何人都别想闯入，因为我已将它重新加固，而我也异常强壮——不过，和亲爱的**海拉**在一起时，我又是那么温柔深情：她的皮肤柔滑无比，散布着淡紫色的银辉，宛若婀娜娇嫩的马蹄莲花瓣——她饱含深情的目光如此热烈，充满了对她的猎人丈夫的一腔赤诚——我们会一起在这个地方生活下去，我们也将成为一个不朽的、果敢勇猛的崭新物种的先祖——**海拉**，我的宝贝——永远永远！

狄金森仿真人

如此孤独！餐桌两头，两个人尴尬地相互看了一眼，光滑如镜的樱桃木桌面上，蜡烛闪动着微弱的火焰，宛若昔日的梦境朦胧地闪现。其中一个说："我们应该买个仿真人。"就好像那是瞬间的心血来潮，另一个立即说道："仿真人太贵了，听说它们的寿命连一年都不到。"

"不是所有的都那样！只不过……"

"截至上周，仿真人的存活率是百分之三十一。"

看样子，丈夫也一直在网上关注这方面的信息。想到这里，妻子内心一阵喜悦。

因为，长久以来，她一直渴望自己的生活能多一些生气！多一些生气！

结婚九年了。还是十九年？

在某个时刻，你会意识到：这就是生活赐予你的全部。除此之外，你不会得到更多。而你所拥有的一切，总有一天会被全部收回。

"要个文化人！可以提升我们的精神境界的那种。"

克里姆先生是个税务律师，他的专长是公司法和国内贸易。克里姆太太是克里姆先生的妻子，因为"慷慨大度"——"积极活跃"——"乐于助人"——而在市郊的格德斯格林村小有名气。他们驱车前往二十英里外那座规模庞大的新自由购物中心，那儿有一家仿真人专卖店。这主要是一家样品店，能提供的有用信息并不比互联网多多少，不过，在这里能看到仿真人的三维实体样品展示，克里姆夫妇别提有多激动了。妻子认出了弗洛伊德，丈夫认出了贝比·鲁斯①、泰迪·罗斯福和凡·高。你不能说这些仿真人"跟真人一样"，因为它们的身高不超过五英尺，体貌特征也被按比例进行了缩小和简化，双眼呆滞无光。联邦政府对此有严格规定，即不能按照"实际尺寸"制造仿真人，即便有人热心捐献，也不允许使用"人体器官"部件。作为样品展示的仿真人处于睡眠模式，还没有被激活，然而夫妻俩站在仿真人面前，震惊得无法自持。妻子用颤抖的声音喃喃地说："弗洛伊德！了不起的天才，不过，要是家里有这样一个人，你不是会觉得他总在偷看什么……"丈夫低声说："凡·高——试想一下，他就住在我们在格德斯格林村的家！可凡·高是'躁狂抑郁症患者'，不是吗，难道他不是自杀了……"

灯火通明的专卖店里，夫妻俩用低沉而热切的声音相互交流着。你可以观看仿真人的动态视频，可以快速浏览密密麻麻的产品

---

① 贝比·鲁斯（1895—1948），美国职业棒球运动员，二十世纪二三十年代的洋基队主力球员。

目录。销售员则站在一旁，热心地为顾客提供帮助。在展示十二岁以下儿童的儿童仿真人区域，夫妻俩的讨论显得尤为热烈。著名运动员，杰出的军事将领，伟大的发明家，伟大的作曲家、音乐家，演员，世界巨头，艺术家，作家和诗人，可怎么选呢？好在因为版权限制，很多二十世纪的著名人物的仿真人都无法生产，这就大大缩小了可选择的范围（默片时代以后的影视明星和娱乐明星凤毛麟角）。妻子跟一位销售员说："我想选一位诗人！你们有……"不过，西尔维娅·普拉斯①还在版权保护期内，罗伯特·弗罗斯特②和迪伦·托马斯③也一样。沃尔特·惠特曼的仿真人倒是有现货，而且整个四月都可以享受特价优惠，不过妻子却有些惶恐不安："惠特曼！试想一下！不过，那个人不是个……"（妻子绝不是一个对人抱有成见的人，也不像她的格德斯格林村邻居那样怀有保守的中产阶级道德观，不过"同性恋"这个词她却说不出口。）丈夫正在询问毕加索的情况，不过毕加索也在版权保护期内。"那罗斯科④呢？"他接着问道。妻子笑着对那个销售员说："不好意思，谈到艺术，我先生总爱故弄玄虚。我敢肯定，这里从来没有人听说过罗斯科。"销售员在电脑上查询罗斯科信息的时候，丈夫倔强地说："我

---

① 西尔维亚·普拉斯（1932—1963），美国著名自白派女诗人，被视为二十世纪最具影响的英语诗人之一。

② 罗伯特·弗罗斯特（1874—1963），最受喜爱的美国诗人之一，曾先后四次获普利策诗歌奖。

③ 迪伦·托马斯（1914—1953），二十世纪四十年代以来英国诗坛最有影响的诗人之一，在技巧与意识上极大地革新了英国现代诗歌。

④ 罗斯科（1903—1970），全名马克·罗斯科，著名的抽象表现主义俄裔犹太画家，1970年在曼哈顿的工作室自杀身故。

们可以买幼年罗斯科的仿真人。有了'升级模式'，我们就可以目睹一位非凡的艺术家的成长历程……"妻子说："这个罗斯科不是得了抑郁症，最后还自杀了嘛……"丈夫恼火地回敬道："那西尔维娅·普拉斯呢？她也自杀了。"妻子说："哦，不过，要是跟我们一起生活，我相信她不会做出那种事。我们会对她产生全新的健康的影响。"销售员报告说没有罗斯科。"那有霍普吗？爱德华·霍普，二十世纪的美国画家。"但霍普还在版权保护期内。妻子突然说："艾米莉·狄金森！我要她！"销售员问过名字如何拼写后便很快输入电脑进行查询。妻子激动的神情令丈夫感到震惊，最近几年，他很少看到克里姆太太像此刻这样，简直就像个小姑娘，如此的敏感脆弱。她在大庭广众之下握住他的胳膊，脸颊涨得通红，羞答答地说："我觉得，在内心深处，我一直都想做个诗人。小的时候，住在缅因州的祖母卢米斯给过我一本她写的'诗'。我们第一次见面的时候，我给你看过我以前写的诗，其中一些……不幸的是，现实生活迫使我们远离了……"丈夫安慰她说："那么，就艾米莉吧！首先，她比较安静。她写的诗再多，加起来也不会超过二十英尺的画布。写诗不像作画，会弄出一股味道。而且据我所知，艾米莉·狄金森没有自杀。"妻子大声说："哦，艾米莉才不会呢！事实上，她一直都在照顾生病的家人。在街坊邻里眼中，她可是慈悲的天使，穿一身洁白无瑕的衣裙！她还可以照顾我们，如果……"妻子突然打住不说了，有些紧张地咯咯笑了起来。销售员念着电脑屏幕上的信息："'艾米莉·狄金森（1830—1886），受人尊敬的新英格兰女诗人。'克里姆先生和太太，你们运气真好，这个'艾米

037

莉’是限量销售版，很快就会永久停产，不过整个四月还在销售，还可以享受八折优惠。狄金森仿真人的程序设计涵盖了她三十岁至五十五岁去世这个年龄段，顾客可以根据需要在这二十五年区间里任意切换，您还可以根据意愿向前加速运行，甚至可以向后运行，但肯定不能退到三十岁之前。限量销售的截止日期是……”妻子连忙说：“我们要了！就她了！”妻子和丈夫的手紧紧握在了一起。刹那间，一股突如其来的温暖、深情和孩童般的希冀在他们之间相互传递。就好像不经意间，他们又成了一对年轻的情侣，正准备迈过新生活的门槛。

即便享受折扣优惠，狄金森仿真人依然价格不菲。不过，克里姆夫妇生活富裕，又没有孩子，甚至连宠物都没养。“‘艾米莉’的价格不过是供一个孩子上大学花费的一小部分……”克里姆太太异常兴奋，根本没有心思细看那几页打印得密密麻麻的购买合同。克里姆先生的看家本领就是细查这类文件，因此多费了些工夫。狄金森仿真人保证会在三十天之内送货上门，保修期为六个月。

那位销售员用和蔼的语气提醒他们说：“克里姆先生和太太，我想你们现在应该明白，你们购买的仿真人和原型人物并不是一回事。”

“那当然啦！”克里姆夫妇笑了起来，表示他们可不会傻到那个分上。

“不过，有些购买者，”销售员继续说，“尽管已经向他们详细解释过了，却还是固执地认为仿真人就应该跟真人一样，一旦发现产品与期望不符，便要求退款。”

克里姆夫妇笑了："我们不会的！我们可没白痴到那个程度。"

"从技术层面来说，仿真人是由提取了原型人物精髓的电脑程序控制并完美呈现的小矮人，就好像她或他的本质或'灵魂'——如果你相信此类概念的话——被从本人身上抽取出来，并通过天才的仿真技术重新安置到一个全新的环境中。我们在延长原型人物的寿命方面取得了激动人心的技术突破，想必你们已经看过了，那些英年早逝的人，譬如莫扎特：倘若仿真人的寿命超过了莫扎特本人，那他就有可能创作出更多的作品。狄金森仿真人是对历史上的'艾米莉·狄金森'这个人物的仿真模拟，在复杂性上当然无法与真人同日而语。每个仿真人个体都不一样，有时差异还很大，这是无法预料的事情。不过，你们不能期望仿真人会像一个'真人'，既然你们已经看过合同，自然也清楚，仿真人没有肠胃消化系统，没有性器官，没有血液，也没有一颗'温暖且跳动的心脏'——千万不要对此感到失望！根据设计程序，它们面对新环境的反应多少与原型人物相似，只不过在方式上会有所简化。有的仿真人显然要比其他仿真人更能适应环境，而有的家庭也比别的家庭更适合仿真人。美国政府禁止仿真人在私人住宅以外的区域活动，这一点想必你们能理解，否则的话，像在拳击赛这种公众场合，很可能会出现'杰克·丹普赛①'与'杰克·丹普赛'对决，或者一场棒球赛的两个队全都由'贝比·鲁斯'组成。男性运动员是我们最热销的

---

① 杰克·丹普赛（1895—1983），美国拳击手，从1919年至1926年一直保有重量级世界拳王的头衔。

产品，不过他们确实不太适合私人家庭，因为根据规定，主人不能让它们到户外运动。就像斑点狗、惠比特犬和灰狗一样，它们需要每天被带出去活动活动，因此就出现了一些问题。不过，你们的诗人是个理想选择，'艾米莉·狄金森'似乎从来都足不出户！真是个明智的选择，恭喜你们！"

克里姆夫妇高兴得昏了头，销售员说过的话，他们并未全部听进去。不过眼下，他们和销售员握了握手，说了些感谢的话，然后就准备离开了。在如此短暂的时间里，很多事情就这么决定了！开车返回格德斯格林村的路上，妻子突然哭了起来，那完全是幸福的泪水。丈夫双手握紧方向盘，眼睛盯着正前方，希望自己不要去想：我们都干了些什么？我们都干了些什么？

为了迎接尊贵的客人，妻子买了《艾米莉·狄金森诗歌全集》、几本传记，还有一大本名为《阿默斯特的狄金森》的相册。但更多的时候，由于过度兴奋，她根本无法静下心来看书，尤其是狄金森那些盘根错节的谜一般的小诗。于是她便按照仿真人说明书上的规定，着手准备一个"舒适的、可调节温度"的环境，以防止由于过度潮湿或者过度干燥而导致仿真人的"机械性能退化"。她从古董店里淘了几件与诗人原来的卧室摆设相仿的旧家具：一张十九世纪五十年代的桃花心木"雪橇"床，这张床实在太窄了，很可能是一张小孩子睡过的床，上面放着一床用钩针编织的象牙色被子和一个配套的鹅毛枕头；一张雅致的、油光可鉴的淡棕色槭木四屉桌；一张小写字桌，还有其他配套的桌子，妻子在上面都摆放了蜡烛。她还发现了两把铺着编织垫的直背座椅，一副薄如蝉翼的白色窗帘像梦一样从房间的三扇窗户上垂下来，还有一种图案精美的淡棕色墙纸，以及一盏十九世纪六十年代前后生产的乳白色玻璃煤油灯。她不敢奢望复制艾米莉卧室墙上那些想必是她先祖的画像，不过她弄到了几张十九世纪的无名绅士的画像，这些人都神情肃穆，若有所思，亦真亦幻。她去世多年的祖母卢米斯的画像也挂在其中。最后房间布置完成后，丈夫叹为观止。妻子在那张小得不能再小的书桌旁坐下，无限的春光从一扇窗户洒进来，她拿起一支笔，摆出写作的架势，等待着灵感的降临。

"'我啜饮一滴芳醇……'"

但此刻，就只冒出来这几个字。

第一次震惊：艾米莉如此之小。

当狄金森仿真人送到家，卸掉包装后，她就笔直地站在那里。这个据称三十岁的女人，看起来更像是个营养不良的十岁或十一岁小女孩，身高都不到妻子的肩膀。虽然克里姆夫见过贝比·罗斯大幅缩减后的体型，不过对于这个诗人同伴，他们似乎缺乏足够的心理准备。仿真人看上去显然是按照诗人留存于世的唯一一张银版照片制成的。那会儿她还是个十六岁的花季少女，眼睛大而深邃，奇怪的是没有睫毛，象牙色的皮肤如纸一般光滑。她的眉毛比你想象中还要浓黑、粗长，而且棱角分明，就跟男孩子的眉毛一样。她的嘴巴也出奇地宽大肥厚，瘦长的脸上露出一丝不屑的神情。她的头发从头的正中间齐整地分成两半，平整地拢到脑后，盘成一个结实的发髻，并像帽子一样几乎完全遮住了两只异常娇小的耳朵。她穿一身灰色的长及脚踝的棉布长袖裙，加上细得夸张的腰身，狄金森仿真人看上去更像是一具干瘪的年幼修女的尸体，而不是一位正值三十岁的女诗人。妻子惊恐地盯着那双无神的眼睛以及那张僵硬的嘴巴。对于遥控器之类的玩意儿，丈夫向来就搞不清楚，此刻他正高度紧张地摆弄着那个遥控器。遥控器的菜单有很多选项，他开始不耐烦地乱按一通。"'睡眠模式'。到底怎么才能把它'激活'呢……"他一定是歪打正着地按对了密码组合键，只听"咔嗒"一声，紧接着狄金森仿真人发出一阵嗡嗡的声响，不一会儿，没有睫毛的眼睛动了起来，目光虽然呆滞却含着警觉。她快速扫视了一下房间，最后把目光停留在五英尺之外的克里姆夫妇身上。此刻，她的肺在狭小的胸腔里开始呼吸，或者说是怪异地模拟呼吸的过程。她肥厚的嘴唇动了一下，一个诡谲的微笑迅速展开，但没有发出任何声音。丈夫支支吾吾地跟她打招呼，神情极不自然："'狄金森小姐'——'艾米莉'——你好！我们是……"狄金森仿真人眨了眨眼睛，头部轻微地动了一下，小手紧握在一起，直愣愣地看着他们，此外再无其他表情。丈夫向她介绍自己和克里姆太太。"艾米莉，你经过长途跋涉来到我们在纽约格德斯格林的家！我不会感到奇怪，要是你觉得……"虽然丈夫说得磕磕巴巴，不过他把浑身的热情都调动起来了，就像在平时工作中对年轻同事表现出热情，希望他们感到舒心自在一样。不过很显然，他自己一点儿都不自在。妻子腼腆地说："亲爱的艾米莉，我——我希望你叫我麦德林，或者——麦迪！我是你在格德斯格林的朋友，我喜欢……"妻子羞得满脸通红，因为她怎么也说不出诗歌这个词来，生怕被错当成一个愚蠢而虚荣的郊区家庭主妇；不过，说出喜欢这个词的时候，她的声音几乎都听不见了，这同样让她觉得笨拙而又尴尬。狄金森仿真人的眼睛快速眨巴了一阵后垂了下来。她僵直地站在那儿，纹丝不动，好像在等候指令。丈夫不由得感到一阵失落和懊丧。在仿真人专卖店里，他为什么要向妻子的心血来潮妥协！他压根儿就没想过要带一个神经质的女诗人回家，他想要的是一个活力四射的男性艺术家。妻子满怀期待，微笑着看着狄金森仿真人，发现体型如孩子般大小的艾米莉穿着一双非常小的带鞋扣的鞋子，蕾丝手帕在她的两根手指间来回绞动。她颀长的脖子上系着一根天鹅绒丝带，丝带两头在喉咙处交叉，并用一枚浮雕宝石别针固定在一起。当然啦，此刻诗人害羞得不成样子：艾米莉根本就不知道自己身在何处，不知道克里姆夫妇是何许人也，也不知道自己是清醒还是在梦中，或者对于变形之后的她，清醒和做梦还有没有区别。包装箱内还有一个小行李箱，可想而知，里面装着她的衣服、旅行包和一个用红绸布包裹着的类似针线盒的东西。妻子说："亲爱的艾米莉，我会帮你整理东西的，不过我想，你现在可能更愿意单独待一会儿，对吧？我和哈罗德会待在楼下，如果你想……"妻子虽然说得磕磕巴巴，却也一片真诚。对于狄金森仿真人，妻子既心存恐惧，又被强烈地吸引，就像面对一个失而复得的姐妹。在那个瞬间，艾米莉抬眼看了看她，眼中突然闪过一道炽烈的（姐妹般的?）认同感。她的小手仍在那里绞动着蕾丝手帕，很显然诗人希望她的男女主人马上离开。

就在克里姆夫妇要转身离去时，他们头一次听到了狄金森仿真人微弱的喃喃声："嗯，谢谢你们——女主人——男主人——我——非常——感激你们。"

下楼的时候，妻子紧紧地抓住丈夫的胳膊，他甚至感觉到了她的指甲的力量。她上气不接下气地小声说："想想吧，艾米莉·狄金森现在来跟我们一起生活。这是不可能的，但那的确是她呀。"丈夫不由得哆嗦了一下，顿时有些不知所措，于是气恼地说："别犯傻了，麦德林。那不是'她'，那是个小矮人。'她'是一种设计精巧的计算机程序。她只是个'它'，我们是她的主人，不是她的同伴。"妻子反感地推了丈夫一把："不对！你胡说八道。你看她那双眼睛就知道了。"

那天晚上，克里姆夫妇一直在等他们的客人加入他们中间。他们先是在晚餐桌上等，然后又在客厅等，妻子把壁炉的火生了起来，以往这个时候，丈夫通常会看看电视，此刻他却坐下来看书，或者说是在勉强地看一本名为《神奇的宇宙》的新书。不过，令他们失望的是，几个小时过去了，狄金森仿真人始终没有出现。时不时的，他们听见头顶传来隐约的脚步声，还有地板发出的幽灵般的吱吱声。此外，再无任何响动。

自打她来到这里，接连好几天，家里的气氛都异常紧张。诗人把自己关在房间里足不出户，妻子劝她在家里随意"走动走动"："这里现在是你的家，艾米莉。我们是你的……"她犹豫了一下没说出"家人"这两个字，因为那会暗示一种亲密、熟悉的感觉。到了周末的最后一天，他们看见艾米莉出现在房间外面，一个神秘的不可捉摸的影子一闪而过，就像在森林里刚瞥见一只动物，转眼它便消失得无影无踪了。当一个鬼魂似的身影从一个门口掠过，或者在一个拐角转身、无声无息地没了踪影时，妻子小声问丈夫："你看见她了吗？那是她吗？"丈夫冷冰冰地说："不是'她'，是'它'。"现在，丈夫只要一有机会，就躲到公司的办公室里去。

艾米莉仍然穿着那身黑长裙，跟个修女似的，不过她腰上紧紧地系着一件白色围裙。她表面上对妻子的请求充耳不闻——"艾米莉，亲爱的？等等……"然而，妻子却开始发现，趁她不在场的时候，厨房被收拾得干干净净，地板被打扫过并且打了蜡，花瓶里竟插着几枝黄色的含苞待放的连翘花！这就说明艾米莉绝不是一个隐士，她完全可以走出克里姆夫妇的房子，并悄悄来到后院剪连翘花枝。艾米莉总是忙个不停：打扫房间，烘烤面包（她的拿手活是蜜糖黑面包）和馅饼（大黄馅饼、甜馅饼、南瓜馅饼），还要帮妻子（她曾在纽约一家烹饪学校受过正规培训，但所学到的大部分东西差不多都忘了）准备一日三餐。妻子喜欢听她的诗人同伴小声地哼唱，尤其当她坐在阳光灿烂的窗前做着刺绣、编织，或者针线活的时候，那声音更显明丽、轻盈。艾米莉时不时会停下手中的活计，匆匆地在一张小纸片上写下几个字，然后很快把纸片塞进围裙口袋。如果妻子当时就在近旁，并且看到了这一幕，她定会装作什么也没瞧见，而心里却在想：她已经开始写诗了！在我们家！

妻子急切地盼望诗人能与她分享她的诗作。因为，两人毕竟是知音哪！

虽然艾米莉不能跟她一道品茶、吃东西或是喝点别的，她却对下午茶的惯例表现出孩子般的兴致，并坚持要为妻子端上新煮的英国茶（"茶叶袋"令诗人既震惊又愤然，她甚至连碰都不愿碰一下）和去皮的黄瓜三明治，还有她取名为"淑女指"的细细的香草饼干。妻子没有底气告诉艾米莉说自己很少喝茶，因为这种下午茶仪式似乎对艾米莉意义重大。这显然与诗人在马萨诸塞州的阿默斯特庄园的生活经历有关，而旧日的一切已经一去不返了。"艾米莉，请过来跟我坐坐吧！"妻子生硬的请求听起来一定有些刺耳，或是声音太大，只见艾米莉皱了皱眉，不过她还是把书放在一旁，然后过来跟妻子一道坐在房子后面一间洒满阳光的玻璃屋里。她就像个孩子，虽然还不能喝像茶一样浓烈的东西，不过只要能捧着热茶杯暖暖手就已经心满意足了。（如此纤美的手指，诗人的手指！妻子想知道狄金森仿真人能否"感觉"到温度。）"最近在看什么书呢，艾米莉？"妻子问道。艾米莉没有正眼看她，用耳语般的声音答话，听起来似乎是"……就是一些诗歌，克里姆太太。没别的！"妻子看着身边这个娇小的女人，只见她浑身都在颤抖，不过坐姿却无可挑剔；妻子注意到她秀美的头发乌黑油亮（看起来像是真正的"人的头发"，而非合成品），笑容惊慌失措，突然间露出的孩子般参差不齐的牙齿像古旧的琴键那样暗淡无光。那笑容里似乎还夹杂着那么一点儿肉欲，这让妻子觉得很不舒服，因为这样的笑容在她的一生当中实属难得，并且很久以前就彻底销声匿迹了。妻子支支吾吾地说："亲爱的艾米莉，我们似乎很了解彼此呢，不是吗？我的祖母卢米斯……"然而，妻子根本不明白自己在说些什么，诗人娇小苍白的脸庞似乎抽动了一下。她抬眼看了看妻子的眼睛，那眼神就像剃刀飞快地划过，或是戏谑，或是嘲弄。很快，诗人便起身把用过的茶具端进厨房，小心地清洗并擦干；等把所有的一切收拾停当，整个厨房焕然一新。妻子不好意思地说："你可是个诗人啊，艾米莉！——好像不对劲儿呀，你做这些粗活儿，就像个——"诗人低声回答说："女主人，单纯做个'诗人'——并非一种'存在'。"

貌似不堪一击、娇小的艾米莉竟显露出如此刚硬冷凝的坚毅。妻子失魂落魄地走开了，内心极为震动。

几天过去了，妻子几乎足不出户。她如同中了邪一般，身在其中而无法自拔。艾米莉却像一只蝴蝶，只在她近旁徘徊翩飞，却不会在任何东西表面停落；她有意避开哪怕只是姐妹间的亲密，并对她的诗只字不提。让妻子感到满意的是，丈夫和艾米莉压根儿就合不来，他说话的语调是那样生硬、刻板，就好像他说话的对象的确是个电机驱动的小矮人，而不是一个活生生的人："哎呀，艾米莉！你——好啊。今晚可好，艾米莉？"丈夫勉强挤出一个苍白的笑容，同时不安地舔了舔嘴唇。妻子觉察到，他的举动很可能让诗人非常反感，只见她迅速地回敬了一个不屑的笑容，并看在妻子的面上向他行了一个屈膝礼，这似乎是一种（含而不露的！）嘲弄。她垂下头，扮出一副女性的温柔姿态，喃喃而语，听起来似乎在说"非常好，主人——谢谢您"，在丈夫下一个无聊的发问出口之前，她就悄无声息地溜走了。妻子笑了起来，看来艾米莉·狄金森完完全全属于她了。

妻子常在不经意中碰到艾米莉阅读她称之为"诗"的书籍，其中就有诸如朗费罗、勃朗宁、济慈等人的诗歌，也常看到艾米莉在小纸片上匆匆写下什么并藏进围裙口袋，尽管她也曾强烈地——满怀热望地——暗示过她对诗歌的热爱，艾米莉却始终不给她看自己的诗歌，就像她不会跟丈夫分享自己的诗歌一样。妻子要么在厨房里看艾米莉忙前忙后，要么就坐在她喜欢的某个洒满阳光的窗前，一阵孤独感突然袭来，令她怅然若失。她知道，如果她从背后神不知鬼不觉地靠近，就可以跟诗人靠得非常近，因为仿真人在程序上特意进行了这样的设计，以便主人能以这种方式与之接近。仿真人无法感知视线之外的任何人和物，只要靠近物不弄出任何响动，仿真人的听觉机制就不会发出警戒。这一点实在激动人心！可万一诗人转身发现了她，她就得为自己的鲁莽付出代价，每每想到此，她就不寒而栗。不过她又觉得，艾米莉那像猫打呼噜一样安然而热烈的哼唱对她有无法抗拒的吸引力：十足的怡然自得，亲密而又性感。妻子就这样被艾米莉弄得失魂落魄，五月中旬的一个午后，就像中了魔法一样，她做出了一件惊人之举。

她把仿真人遥控器拿在手里，而她此前极少碰过这个东西。此刻，站在她的诗人同伴背后，她将激活状态关闭，然后开启了睡眠模式。

睡眠模式！只那么轻轻一按，就见几周前被丈夫激活后一直处于活动状态的狄金森仿真人站在原地一动不动了！就像电视机被按了关闭键。

诗人当时正在厨房削土豆皮。这种简单的体力活显然给她带来了很多乐趣。在觉得没有旁人在场时，她有好几次停下手里的活儿，把那双灵巧的小手在围裙上拭干，然后拿出一支铅笔头在一张小纸片上写着什么，随后把纸片塞进围裙口袋。"咔嗒"一声过后，妻子小心翼翼地靠近诗人冻结的身体，喃喃地说："哦，艾米莉，亲爱的！你能听见我说话吗？"——然而那双没有睫毛的黑眼睛已变得呆滞僵硬、死气沉沉，妻子的诗人同伴很显然就跟塑料模特一样，对她的存在毫无知觉了。

（然而，妻子并不真的相信艾米莉仅仅是睡着了："艾米莉当然是'真的'。这一点我很清楚。"）

妻子好半天才鼓起勇气伸手去摸艾米莉的身体：她的袖子用硬邦邦的材料制成，柔滑的头发梳得十分紧致，闻起来有股淡淡的金属味道；她的脸像纸一般光滑，张开的双唇生动逼真，凑近了看，就跟妻子的嘴唇一样。刹那间，她恨不能俯下身去不顾一切地亲吻朋友的双唇！（她已经很多年没有吻过任何人了，她也很久没有被任何人吻过了。她和丈夫都不属于激情澎湃的类型，即便他们新婚时也是如此。）相反，她壮着胆子把手伸进艾米莉的围裙口袋。当她摸出几张小纸片时，她觉得自己都快要晕倒了。

妻子天真地认为，艾米莉不会因为少了一张小纸片就耿耿于怀，或许她会觉得就是自己弄丢了而已。妻子打算拿走那张看起来似乎字数最多的纸片。当她把其余的纸片放回诗人的围裙口袋时，突然感觉到靠近诗人的一瞬间自己脸颊上的感觉：另一个女人的温暖的呼吸。

她惶恐至极，跟跟跄跄地后退几步，结果碰到了椅子上。哦！

虽然内心慌乱不安，妻子总算逃离了那个正在削土豆皮的僵硬身躯。退到厨房门口时，她停下来按下遥控器的激活键——她可不能让艾米莉一直处于睡眠模式，以免被丈夫发现。逃离现场的时候，妻子听到一声令人宽慰的"咔嗒"声，类似按下开机按钮时电视机所发出的声响。

> 为什么——我存在——
>
> 在何处——我存在——
>
> 在何时——我存在——
>
> 那么——你呢？——

一首诗！一首艾米莉·狄金森写的诗！出自诗人那双女学生一般干净小巧的手，如果凑近了看，字迹清晰可辨。妻子迫不及待地在《艾米莉·狄金森诗歌全集》中查找，最后发现这竟是一首全新的原创诗作，并且只可能是在格德斯格林的克里姆家写的。

她的错误就在于，她不该把这首诗拿给丈夫看。

"是个谜语，对吧？我不喜欢谜语。"

丈夫皱起眉头，把纸片拿到灯光下，眯着眼睛透过双光眼镜看了起来。这副眼镜还比较新，才买了没几个月，不过丈夫似乎对必须配戴眼镜这个事实大为光火，因为他觉得自己还不至于那么老。

妻子不赞同地说："这是诗，哈罗德。这是艾米莉·狄金森写的，一首全新的'狄金森'的诗，在咱们家写的。"

"别犯傻了，麦德林，这不是诗。这是某种电脑打印输出，就是把单词以诗的形式进行排列组合，目的就是戏弄、折磨人。我跟你说过，我不喜欢谜语。"

看丈夫那阵势，就好像恨不得把那张珍贵的小纸片撕个粉碎似的。妻子赶忙从他手里把纸片拿了回来。

她要把它收藏起来，跟自己最喜爱的东西放在一起。试想一下，倘若有那么一天，她和艾米莉亲密无间，就像姐妹般惺惺相惜，她就把小纸片拿给她看，她们定会笑谈这起"偷窃"事件，艾米莉还会为这首诗这样写题赠：献给亲爱的麦迪。

"我讨厌谜语，我讨厌她。"

现在，连丈夫也开始觉得狄金森仿真人是"她"，而不是"它"。

在丈夫的想象中，女性诗人俨然已经成为嘲弄和折磨的代名词。他一进家门——这里从来都是他的避风港，是他每天从曼哈顿南部的雷克特大街出发经过五十分钟的旅途颠簸后，能带给他舒适和慰藉的地方——立刻就能觉察到那个幽灵般的身影在他的视线边缘徘徊游走。她被妻子亲昵地唤作"艾米莉"，却很少轮廓清晰地出现在他面前，这令他十分不安。仿真人公司曾做过如下承诺：带一个仿真人回家，会丰富、改善您的生活，并使您的生活"价值翻倍"。但对丈夫而言，事实绝非如此。他和"艾米莉"之间的交流生硬而拘谨："嗨，狄金森小姐……我是说，艾米莉……晚上好吗？"或是按照妻子建议的那样问道："艾米莉，你愿意在晚餐时跟我们待上几分钟吗？我们几乎都见不到你。"（丈夫当然知道艾米莉没有消化系统，无法和他们一起"用餐"。可他知道艾米莉时常会陪妻子一道喝茶聊天。她们都谈了些什么？妻子对此含糊其词。）有好几次，他刚要在桌前坐下，就瞥见书房门口诗人那幽灵般的身影，等他回头看时，她已经像只受惊的小鹿一般逃得无影无踪了。他和克里姆太太在客厅看电视时，不止一次觉察到诗人在外面的走廊里徘徊，可当他们喊她的名字时，她立马便躲开了，那眼神里有种惶恐不安，又有种不屑一顾。（电视画面就像狂乱的鱼群从玻璃屏幕上飞驰而过，对于一位生活在十九世纪六十年代的足不出户的年轻女性来说，这一定显得既怪异又粗俗！）诗人对《纽约时报》也不感兴趣，不过丈夫偶然看见她极度惊恐地盯着报纸头版一张骇人的彩色照片，那是发生在中东的一场血腥的炸弹爆炸事件，尸体就像被丢弃的破衣服一样散落得到处都是。"哎呀，艾米莉，喜欢的话，你就拿去看吧。"丈夫说。艾米莉却躲开了他，就像要躲开那份沉重的报纸一样，她用平直而又怪异的语调喃喃地说："主人，谢谢您，不过我想……不用了……"

主人！丈夫一时间还难以适应诗人古怪的说话方式，这既令他恼怒不安，同时又刺激着他的兴趣。

哦，不过对一个被电脑程序驱动的小矮人讲话，实在荒唐透顶——难道不是吗？倘若这一幕被曼哈顿南部雷克特大街33号的公司同事看到的话，他一定会尴尬得无地自容。然而，他却发觉自己直勾勾地盯着身材纤细的"艾米莉"那梦幻般的身影。跟克里姆太太比起来，她要瘦小得多，似乎也要年轻得多，她就像个幽灵，在他面前刚现身，瞬间便消失了踪影，只留下一抹淡淡的芬芳——是丁香的味道吗？

用化学材料制成的一朵丁香花，却让人情不自禁！

"'艾米莉。'"

妻子大费周章为客人装饰一新的房间，自从艾米莉住进来后，丈夫就一次也没进去过。在楼上走廊里那扇（紧闭的）房门外，丈夫一动不动地站着。他心想，这是我的家，这是我的房间。只要我愿意，我就有权进去。可他的身体却纹丝未动，只是把头倚在门上。他壮着胆子把耳朵贴在门上，竟感到那扇门异常温暖，内心不由得涌起一股隐秘的激情。

门内，传来隐隐的抽泣声。

丈夫吃了一惊，连忙后退几步。模型人是不会哭的——是吗？

六月来了。在克里姆家那幢位于格德斯格林村雉鸡巷27号的都铎王朝样式的房子里，五个卧室的窗户全都敞开着，外面阳光灿烂，温暖宜人。诗人开始频繁地下楼走动。这个时节，她常穿一袭白色。

一种泛着微光的、阴森鬼气的白色！一种如褪色的象牙般的白色，看上去就像新娘的婚纱，闻起来有股麝香和樟脑的味道，还透着一股忧郁。

妻子认出了这件衣服：艾米莉·狄金森唯一留存下来的白裙子。不过，这件当然是仿制品。

这件裙子用上等的平纹细棉布制成，沿着胸部往下是层层下垂的褶皱，领子是清教式样的宽领，数不清的用棉布包裹的纽扣从颈部一直延伸下来，缝上去肯定花了不少工夫。细长的袖子紧贴住皮肤，裙子下摆一直垂到地面，就算你听不见诗人游移的脚步声，也可能会听到裙摆拂过地面时发出的沙沙声。"艾米莉，你真漂亮。你真……"妻子犹豫了一下没能说出"美"，因为"美"这个字眼实在苍白无力，且充满了陈腐之气。诗人用剃刀一样锋利的敏锐掌控着美——美的字眼在她手里就成了利刃——只不过她惯于讽刺罢了。再说了，你也不会觉得这个神经紧绷、情感炽烈、浑身像蜂鸟一样微微颤抖的女人长得"美"。

自从四月份艾米莉走出包装箱那天起，她第一次笑了起来。那是一种音调低沉却令人欢欣的孩子般的呢喃："你也很漂亮，亲爱的麦德林。"诗人冷不丁伸出手把妻子的手握了一下，她的手劲之大令妻子非常惊讶，而一转眼她又没影了。

妻子暗吃了一惊：艾米莉在戏弄她吗？她？

> 我把自己藏在花中
> 它在你的瓶中渐渐枯萎，
> 你浑然不知，却几乎——
> 感觉到了我的寂寞。

妻子在《艾米莉·狄金森诗歌全集》中找到了这首诗，写于诗人三十四岁那年。这或许意味着，四年之内，艾米莉绝不会在克里姆家写出这首诗。

一个温暖怡人的夏日夜晚，身穿一身白色的幽灵般的诗人让克里姆夫妇大吃了一惊。在妻子的再三劝说下，艾米莉竟然同意和男女主人在晚餐桌旁"就待上几分钟"——"聊上两句"。最后，诗人好不容易当着丈夫的面坐了下来，就见她满面含羞，浑身颤抖。"嗨，艾米莉。要不要来一杯……"艾米莉的出现一定让丈夫紧张得乱了阵脚，他都忘了她没有消化系统！

妻子连忙责怪他说："哈罗德！真是的。"

诗人腼腆地小声说："不用了，主人。我想——不用了。"

那天，诗人还给克里姆夫妇露了一手：一块异常香甜美味的巧克力大蛋糕，和成块的奶油一起端了上来。当然啦，这块让人垂涎欲滴的蛋糕她却无缘品尝。

"亲爱的艾米莉！你可把我们给宠坏了，做了这么多好吃的，这块'黑面包'简直不同凡响！不过，你可是个诗人啊，"这番话妻子是提前练习过的，然而说出来却还有些难为情，因为她注意到诗人泛着烛光的脸上突然显出不悦的神色，"你是……还有……哈罗德和我希望……今晚，请你和我们分享你的一两首诗。求你了！"但诗人似乎怔了一下，细长的双臂交叉抱在胸前泛着白光的褶皱上，就好像她突然之间觉得身上冷了起来；有那么一阵儿，妻子担心她会逃走。为了鼓励她，妻子开始朗诵："'我把自己藏在花中……在瓶中枯萎……你，看着我，思念我？——感觉到寂寞……'"妻子停了下来，大脑一片空白。丈夫则品咂着酒，近来他每天晚上都要喝这种浓烈的法国红酒，虽然妻子不乐意他也毫不顾忌，此刻他瞪眼看着妻子，就好像她开口说起了外语：她似乎说得并不怎么好，但能说出来已经相当令人震惊了。诗人也直直地看着妻子，黑亮的眸子似乎钉在了她的脸上。

妻子是个丰满而结实的女人，动辄就羞得满脸通红，不过你要是觉得她是那种很容易受到惊吓或是轻易就能被说服的人，那你就错了。事实上，妻子是个倔强的女人。绝望和反抗造就了她的倔强。她开始对着艾米莉朗诵，完全无视丈夫的存在："'狂野之夜——狂野之夜！我若与你相依……'"

诗人双唇动了起来。她用几乎听不见的声音喃喃道："'狂野之夜就是——我们的奢侈！'"

丈夫不安地笑了笑。他把酒杯重新斟满，然后一饮而尽。喝酒的时候，他的心情甚至连自己也说不清楚。他很恼火，又倍感受伤，他却说不上到底是哪一种，情急之下，他狠狠地一拳砸在餐桌上。这张樱桃木餐桌可以容纳十位客人，此刻蜡烛的火焰映在光滑的桌面，恍若昔日的梦境朦胧地闪现。九年来，或是十九年来，它从未被一只拳头砸过，一次也没有。"我讨厌谜语。我讨厌'诗'，我要去睡了。"

丈夫东倒西歪地从桌旁站起时，其中一支蜡烛剧烈地晃动起来，眼看就要倒了，幸好妻子眼疾手快，重新把它安放在银烛台上。丈夫大摇大摆地走出餐厅，脚步重重地落在楼梯上，无论妻子还是诗人都一动也不敢动。妻子觉得非常难堪，只好解释说："你知道，他每天上下班路程非常远，来回都要坐火车。他的工作就是数字：计税。他的工作……"

"太不可思议了！"

艾米莉害羞地说。艾米莉甚至可能都笑了，就像你能想象出的猫一样的笑。接着，她很快从桌旁站了起来，像幽灵一样消失了。

这个夏天，妻子又开始写诗了。将近二十年没动过笔了！跟她的诗人同伴一样，她的诗也是手写。就如同艾米莉一样，偌大的房子里，她独自一人待在一个洒满阳光的僻静的角落，狂热而专注地写着，直到手臂都发麻了。她文思泉涌，奋笔疾书，完全进入了一种迷狂状态。她书写孩童时期的回忆、夏日清晨的欢欣，还有初恋的忧伤；她书写婚姻的失意、死亡的痛苦，以及生命本质的神秘。妻子把这些诗工整地输入电脑，并用印有自家姓氏的纸张打印出来，然后诚惶诚恐地来到她的诗人同伴跟前。

"亲爱的艾米莉！我希望你不要介意……"

在一扇洒满阳光的窗前，诗人腿上放着一本薄薄的艾米莉·勃朗特诗集。她神情专注，若有所思。妻子走到跟前时，诗人吓了一跳。她抬起暗淡无光的眼睛，用纤细的手指把貌似几行诗的东西藏在书底下。艾米莉穿着那身带褶皱的白色长裙，这使她周身散发出一种幽灵般超凡脱俗的气息，长裙上面系着一件围裙。妻子注意到，在这个炎热的夏日，她把棉布包裹的纽扣解开了好几颗。

艾米莉一定轻声地做了礼貌的回复。只见妻子把诗稿递给她，然后站在一旁等候，诗人则默默看着诗稿。妻子内心十分紧张，心脏咚咚跳个不停，下嘴唇也不由得颤抖起来。麦德林·克里姆的胆子可真够大的，竟敢把她的诗给名垂青史的艾米莉·狄金森看！不过，这似乎又是一件自然而然的事情。在克里姆家，凡是和狄金森仿真人相关的一切似乎都那么顺乎情理。事实上，在妻子心里，她早就不觉得她的诗人同伴是狄金森仿真人了，每当丈夫提到他们尊贵的客人，用的是粗俗的"它"而不是"她"时，妻子便面无表情地看着他，就好像她什么也没听见。在夫妻两人当中，诗人很显然更喜欢后者，这使妻子的私心得到了小小的满足；毫无疑问，在她和艾米莉之间，有着一种姐妹般的融洽，这一点跟丈夫形成了鲜明的对照，谁让他不折不扣地是个男性呢？

艾米莉坐在窗前，纹丝不动。跟往常一样，她坐姿僵直，就好像她的脊椎是用某种塑料般坚硬的材料制成的。她的皮肤像纸一样白皙、轻薄，头发拢在脑后，紧紧地缩成一个发髻，而她的眼角看上去似乎是被拉平了。艾米莉把诗稿又看了一遍，妻子看见，或隐约看见，诗人脸上掠过一丝茫然的不屑，但转瞬便消失了。

怎么，她在笑话我！我的艾米莉！

为了掩饰内心受到的伤害，她故意用一种友好欢快的语调问道："怎么样，亲爱的艾米莉：我的诗……好吗？会不会……太晦涩了？"

"亲爱的女主人，'晦涩'——在眼里——不在诗里。"

这谜一般的语言里藏着不动声色的谨慎，然而妻子还是觉察到了，或者说似乎觉察到了言语中隐藏的不耐烦，仿佛在艾米莉淑女的外表下，潜藏着对普通人的不屑一顾。"艾米莉，我希望你不要打哑谜。你是知道的，哈罗德很烦这一套，我也是。就请你有话直说：我的诗好吗？有没有道出……真理？"

诗人似乎很不情愿地慢慢抬起眼睛望着她，此刻妻子眼中飘闪着愤怒的泪水。"亲爱的女主人！'真理'——还不够——真理必须含蓄——真理就是谎言。"

"噢，可我不明白你到底想说什么。"

妻子粗暴地从诗人手中一把抽回那沓打印得整整齐齐的诗稿，然后大步流星走了出去。

"现在，伪善的面纱已被戳穿。'亲爱的艾米莉'根本不是我的姐妹。"

妻子不愿跟丈夫说起此事，她把痛苦埋在心底。一颗心为如此琐屑的伤痛饱受煎熬，被像痤疮一样微小的伤痕糟践！不过，她的自尊心实在太强了，才不会向另一个人敞开心扉，当然更不可能向丈夫和盘托出，因为他肯定会抱怨说：我早就警告过你，你的想法有问题。

"'艾米莉。'"

他每天念叨这个名字不下十次。他不会让她听见，也不会让妻子听见。他怒不可遏，他烦躁不安，他心生怨恨，全都因为她："'艾米莉。'"然而，这个名字又是如此悦耳动听，只能温柔地呼唤。

可是呵，他恨这一切：他的精神状态。

恨她。因为她使他如此强烈地感觉到了她的存在。房子里那个微微泛光的白色身影一旦进入他的视线，他就无处可逃，哪怕只是眼角的一瞥。

这个家开始笼罩在她的阴影之中。他的家。

狄金森仿真人是他的财产。

"只要我乐意，我就可以把她'退回去'。我可以使她'加速运行'，从而彻底摆脱她。只要我乐意。"

仿真人的版权归仿真人公司所有，并受美国版权法保护，任何侵权、盗用及违规行为都将受到法律制裁。所有仿真人均属购买者的私人财产，不具有宪法规定的公民权利，也无权请辩护律师。禁止仿真人在购买者的私人住宅以外居住或寻求"庇难"。仿真人不允许转卖。不过，仿真人可以被处理掉。根据购买者的意愿，可以将仿真人作为购买新仿真人的首付款归还给仿真人公司，还可以对其进行改造，如果该版本已经停产，还可以将其拆解。仿真人可以被销毁。

"她是我的财产。'它'是我的财产。就让那个女诗人根据这个事实胡诌一首羞答答的小诗吧。"

诗歌！一种涂涂写写的病。

在卧室衣橱最下面的抽屉里，丈夫发现妻子藏在内衣下面的诗，她竟也染上了涂涂写写的病，丈夫震怒不已。

我们把陈旧的爱情放进抽屉

就像把用过的物品收藏

直到它在一场古装秀上展出

看上去就像祖先穿过的服装

他知道，这种冷傲清高的笔触是狄金森仿真人才有的，而这幼稚的字体却是克里姆太太的。

子夜，繁星闪烁。空气中透着阵阵秋寒。也不知怎的，他竟来到她的门前。确切地说，那是他的门。他那天晚上没喝多。他没有敲门，门或许是他推开的。人们提到哈罗德·克里姆时，总是说他人到中年却还像个孩子，这样说很残忍，也不符合事实。眼下，他的头发逐渐稀疏起来，似乎无论朝哪个方向梳理，都没法盖住那凹凸不平的脑壳。他的躯干看起来就好像朝腹部下陷了几英寸，他的双腿细瘦而苍白，从前浓密的汗毛似乎正在渐渐消失。他那副眼镜的金属镶边几乎嵌进了脸上的皮肤，这让他的眼睛看起来有种惊慌失措的神情。他身高五英尺九英寸，和女诗人比起来，简直就是个庞然大物了，她轻轻地唤他"主人"，眼里流露出少女般的倾慕，从而把他从几十年的浑浑噩噩中唤醒过来。

此刻却传来一声惊恐的叫喊："主人！"

他推门而入。他别无选择，只能把身后的房门关紧，他可不想惊动克里姆太太，此刻她在走廊尽头的卧室正睡得酣然。他向诗人步步逼近，带着恳求的神情举着双手。他没有解释自己为什么衣衫不整，为什么那几缕稀疏的头发蓬乱不堪，并缀满淋漓的汗珠。他觉得自己没有喝醉，然而他的心却懊恼地狂跳着，浑身的血液在血管里奔腾翻涌，就像沥青般黏稠、漆黑、滚烫。他的出现一定让桌旁的诗人大为震惊。她正在那里像玩拼图游戏似的整理那些该死的小纸片。他本想为惊扰她而道歉，可不知怎的，无法遏抑的愤怒使他打消了那个念头，就算要道歉未免也太晚了。深更半夜的！

他看了看那个妻子花费巨资装饰一新的房间，自从几个月前诗人来到这里，他从未受邀进来过，不过他疑心妻子可能受过多次邀请！——这个房间被壁炉的火光照得亮堂堂的：在那张雪橇床旁边的桌子上，放着一盏古老的防风灯，几支蜡烛插在书桌上的木制烛台上，苍白的烛影在墙上和天花板上跳跃着。"啊，主人——您看，都这么晚了。"她在他面前瑟缩着，她身上穿的不是那件带褶皱的白色长裙，而是——那是件睡衣吗？——一件素净的白棉布睡衣。她没穿那双干净小巧的带扣鞋，而是光着脚丫。近来，她那头油亮的黑发总是绾成一个发髻紧紧拢在脑后，此刻却慵懒地披散在瘦削的肩上，缕缕柔滑的黑发闪动着迷人的光泽。

从诗人到家那天起，丈夫还是头一次和她单独待在一起。当然也是头一次关着门和她单独待在一起。

"'艾米莉'……"

"主人，不——您这样不值得，主人……"

她没有睫毛的眼睛流露出恐惧的神色，纤细的手指紧紧地抱在胸前。丈夫摇摇晃晃地逼近时，她带着孩子般的绝望退到雪橇床的另一头。令他感到高兴的是，此刻诗人说话没有半点忸怩之态，也没有嘲弄或奚落的意味，全然是一种恳求。"主人"这个称呼让他非常受用，又令他为之一振，因为在这个家里，哈罗德·克里姆是当之无愧的主人，这一点不容置疑。

他还想着要和她理论一番，或就自己的行为做出解释，然而她却紧张得要命。他跟跟踉踉地赫然耸立在她面前，就像一头后腿直立起来的体型庞大的熊，居高临下地面对一个吓坏了的孩子。孩子胆子太小，这可不是熊的过错。他用双手紧紧握住那颗狂乱的小脑袋，并俯下身子想跟她理论，或是想亲吻她的嘴唇。刹那间，他为自己的堕落和反常感到惊愕：他，如此庞大；她，这般娇小。可丈夫就像换了个人似的，他已经达到了忍耐的极限，不单单是今晚，有太多的夜晚，这么多年来无数个夜晚。诗人试图逃脱，她像猫一样挣扎着，猫爪似的指甲嵌进了他手上的肉。她还狠狠地拍打他那张狂热的脸，这一举动激怒了他。她仓皇逃跑时，不知怎的跌倒在了床上，那张古老的弹簧床发出吱吱的响声。丈夫俯身跪在她面前，用一只膝盖压住她扁平的腹部以固定住她的身体，使她安静下来，也免得她在歇斯底里的挣扎中弄伤自己。与此同时，他的一只手在她的睡衣上乱摸，她的乳房娇小扁平，比丈夫的胸部还要扁平。那件睡衣实在让他感到不耐烦，他又开始扒她的睡衣，他撕扯着轻薄的棉布，这个拘谨刻板的女人竟然在睡衣下面穿着内衣！他怒不可遏地撕扯她的衣服，这些统统都是他的，他有权这样做，他付过钱了。依照美国法律，狄金森仿真人是他的财产，无论他和她之间或是他对她做出任何事情，都不会受到法律的追究；更何况他原本就不想要她，他想要的是一个具有阳刚之气的男性艺术家。如果买来的不是她，他也不会做出这样的事，所以，他有什么可让人指责的？说什么也不能怪到他头上。

诗人自始至终都在拼命挣扎，并像孩子一样抽泣着。她看上去根本不像一个三十多岁的成熟女人，而她的主人比她重一百多磅，而且产权法还赋予他这样一个权利：她是他的财产，他可以任意处置她。合同上写得一清二楚，作为一名律师，他尊重并敬畏法律，而他的行为也在法律许可的范围内，没有什么可顾忌的。他在诗人的双腿之间胡乱地摸索了一阵，随后的发现令他茫然失措，又使他忍无可忍。光滑的表面没有什么特别之处，很像人的皮肤，又像是一种山羊皮或生皮，但在本该属于普通女人阴道的部位，却只见一个浅浅的凹痕。根据联邦法律规定，仿真人不能有性器官，就像同样不能有内脏器官一样，丈夫早就知道，他怎么会不知道呢？然而在亢奋的时刻，他却忘了这些。诗人没有体毛，连一根阴毛都没有，他觉得受到了羞辱，觉得自己就像个性变态，眼前这个特大号的色情玩偶就是对他的最大嘲弄。她还在试图挣脱，他一把将她推到床上，不由分说抽打起来，并拿起那个大鹅毛枕头死死捂住她的脸。随后他怀着满心的厌恶停住手，气喘吁吁地慌忙逃出了那个点着蜡烛的房间。此刻烛火闪动着惊悸的火焰，宛如地狱的前厅。

丈夫最后一瞥看到的狄金森仿真人是这样的：身上的白色睡衣已破烂不堪，就像被孩子丢弃的玩偶。眼睛睁得大大的，目光僵硬呆滞，细瘦苍白的双腿毫无遮掩地向两边叉开，腰部以下是赤裸裸的。

如此漫长的一天：妻子明显感觉诗人待在楼上的房间里不愿出来。

"艾米莉？我可以……"

妻子怯生生地推开诗人的房门。啊，呈现在她眼前的是怎样的一幕：平日里整洁得近乎苛刻的房间，此刻看起来就好像遭到了风暴的侵袭。那张雪橇床上的亚麻床单乱糟糟地搅成一团，一把椅子倒在地上。诗人穿着破破烂烂的睡衣，肩上披了一条毯子，萎靡不振地伏在靠窗的写字桌上，就好像折断了脊椎骨一般。艾米莉，穿着一件睡衣！头发披散着！妻子直直地盯着她，发现诗人脸上不知何故受了伤，皮肤上没有青肿，而是有一块凹陷，额头发际线处的皮肤出现了一道白色裂口，不见一滴血。她本来就没有血液，妻子心想。"哦，艾米莉！发生了……"诗人抬眼望着妻子，黯然的眼睛里满是痛楚和羞辱。

　　一定发生了非常不好的事情。只见在地毯上诗人赤裸的脚边，她视若珍宝的诗歌小纸片被撕得粉碎，皱巴巴地散落着，像垃圾一样凌乱不堪。

　　一想到将近三分之一的仿真人在第一年就劫数难逃，妻子突然感到一阵惶恐的心痛。

　　"艾米莉，他伤害你了吗？他？"

　　一定就是丈夫！那天早上在她醒来前，他就逃之夭夭了。她整个晚上翻来覆去总睡不踏实，并隐约觉察到他已经逃走了。妻子后来发现，他并没有在卧室的（双人）床上睡，而是在书房的皮沙发上凑合了一宿。天亮之前，他在楼下的客用卫生间冲了淋浴，刮了脸，悄悄穿好衣服，然后跳上比往常早一班的地铁逃走了。妻子声音颤抖地说："你一定要告诉我，艾米莉。我会帮你的。"

　　诗人用毯子把自己裹得更紧了，浑身颤抖着。妻子走到窗前，用力把窗户拉开几英寸，因为房间空气污浊，简直令人窒息，并且闻起来有股令人作呕的汗味。

"艾米莉，我能为你做些什么呢？我们必须想想！"

"女主人，我求你……"

"艾米莉，什么？'求'——什么？"

"自由，女主人。"

"'自由'！可是……"

"'加速运行'，女主人。高抬贵手……就是自由！"

妻子被深深地触动了。诗人本不该知道加速运行——或睡眠模式——她是怎么知道这些的？妻子没有争辩说：可你是属于我们的呀，艾米莉，你就是为我和克里姆先生制造的，你只为我们而存在。相反，她在诗人身旁跪坐下来，然后握住她的一只手。这是一只孩子的小手，骨骼像麻雀一样轻巧，却又异乎寻常的坚硬，她紧紧抓住妻子的手。

"亲爱的艾米莉！我们必须好好想想。"

那天晚上，丈夫很晚才从市区回到家里。他发现整座房子楼上楼下一片漆黑。"麦德林？"一定出大事了。他把所有灯都打开，挨个儿在房间里查看。上楼的时候，他犹豫地喊道："麦德林？艾米莉？你们在躲我吗？"他有些生气，他愤怒至极，心脏也快速跳动起来。他不想受到惊吓。他不愿让人觉得自己受到了惊吓。他确信她们一定正躲在某个地方听着房间的动静。她们骗人的把戏层出不穷！他发现诗人房间的门半掩着，她一向都把门关得很紧。在诗人的房间里，他摸索到天花板上的电灯开关，幸好头脑发热的妻子没有拆掉安装在灯座上的灯泡。他看到房间就像昨晚他最后一眼看到的那般凌乱不堪。床单皱缩成团，椅子翻倒在地。一袭猛烈的秋寒从半开的窗户闯了进来，将房间的污浊之气一扫无余，薄如轻纱的白色蕾丝窗帘随着微风轻轻地飘动。

丈夫慌乱地用力拉开书桌的抽屉：空的？壁橱里也空了，艾米莉那些幽灵般的长裙不见了？那个装着她来到家里的大箱子也不知去向？

"不可能，都哪儿去了……"

丈夫慌忙来到楼下。整座房子一片死寂，他的脚步像雷声一样轰隆，又匪夷所思地哑然无声。

在丈夫的书房里，原先放在书桌右侧抽屉里的仿真人遥控器不翼而飞了。

"哪儿去了……"

丈夫在桌上发现了一张白纸，上面用工整的手写斜体以及一种已经褪色的"古雅"的紫色墨水写着：

欢乐的幽灵汇集如潮
挥动翅膀，向我们致敬——

丈夫被激怒了，猛地抓起那张纸，他真想把它揉成一团摔到地上；然而他却站在原地，把那张纸紧紧捂在胸口。

如此孤独！

克莱门斯①爷爷和天使鱼，1906

小姑娘，你不向我问声好吗？

她们都是他精挑细选出来的"宠儿"。十岁到十六岁之间的女孩子。不到十岁的不要，超过十五岁的也不要，差一天都不行。这是一个私人俱乐部的时代，他是水族俱乐部的海军上将塞缪尔·克莱门斯，也是唯一的成年人。众所周知，独领风骚的水族俱乐部会员被称作天使鱼。啊，能成为海军上将克莱门斯的俱乐部的天使鱼，这是何等的殊荣！长相平庸的女孩子请勿申请。扭扭捏捏、又高又瘦、呆头呆脑的女孩子不要。紧张兮兮、烦躁易怒的女孩子不要。只会傻笑的女孩子不要。胖女孩不要。笨手笨脚的女孩子不要。咄咄逼人的女孩子不要。闷闷不乐的女孩子不要。声音刺耳的女孩子不要，而要声音如鹅毛飘落那般轻柔的女孩，还要笑声纯洁无邪、自然率真、动听迷人的女孩，就好像一位老爷爷弹木琴那样用手指拨弄着她们的肋骨，她们觉得痒痒而笑出声来。她们自己

---

① 塞缪尔·朗荷恩·克莱门斯（1835—1910），美国作家，笔名马克·吐温。

喜欢阅读也喜欢听人朗读。她们最爱看的书是《王子与贫儿》《汤姆·索亚历险记》和《哈克贝利·费恩历险记》。她们喜欢玩的游戏有红心大战、猜字谜和跳棋。她们喜欢由"一位大师"来教她们打台球。她们一坐上中央公园或乡下的敞篷马车便激动万分；她们尤其喜欢在户外的世界"流浪漂泊"，喜欢感受那份乘着雪橇驰骋于茫茫雪地的欣狂。这些美貌无双、优雅娴静的小淑女们会被带到广场酒店用茶点，或是去沃尔多夫和圣里吉斯。她们反应迅速——思维敏捷——聪慧过人——但绝不精明世故；她们可能会被人捉弄，也可能会反过来捉弄人，但绝不会怀恨在心，或讽刺挖苦；她们从不因厌恶或惊恐而怒目圆睁；她们从来不会，或永远也不会变得尖酸刻薄。她们有"头脑"——有"胆识"——但绝不一意孤行。她们很有想法，但绝不偏执任性。她们眉清目秀——往往非常漂亮——但绝不自负虚荣。她们温柔可爱，天真纯朴，善于信赖。她们是一群年轻可爱的小精灵，生活对她们来说意味着无上的快乐，没有伤痕，没有苦涩，也几乎没有泪水。她们是最珍贵的"宠儿"——"宝石"——"天使鱼"。所有的热带鱼中，没有哪一种会像天使鱼那般优雅从容、颜色精美、神奇迷人。她们极其崇拜海军上将克莱门斯爷爷，母亲们因克莱门斯先生对自己孩子的关注而受宠若惊，也毫无疑问地对他崇拜有加。而女孩子们的父亲不会过问此事，或者在现实中并不存在。（或者已经死去。）她们穿着学校的制服，头发扎成小辫子。她们在特殊的场合会穿白色镶褶或白色花边的衣服，头上扎着白绸布蝴蝶结，以便和克莱门斯爷爷富有传奇色彩的一袭白色交相辉映。台球室的墙壁上装点着孩子们和克莱门斯爷爷的合影，这是他家里非常特别的一间屋子。克莱门斯爷爷把镶金的珐琅天使鱼别针送给水族俱乐部的会员们，孩子们戴在胸前别提有多自豪了。她们懂得感恩。她们会写表示感谢的短信，并不假思索地用"爱"来表示祝愿。她们会和爷爷拥抱着说再见，但绝不拖延时间。她们的亲吻迅速而轻快，就像蜂鸟快速敏捷地啄食。她们想到海军上将爷爷时总会心存美好，啊，克莱门斯先生是我生命中的挚爱，因为他对我的爱是那么纯洁无瑕、坦诚率真，毫无世俗的欲念。如果真有天堂存在，那克莱门斯先生就在那里。

这些女孩子们不会年纪轻轻就死去。

这些女孩子们从不懂得哭泣。

"小姑娘，你不向我问声好吗？"

那是1906年4月的一天。他已经七十岁了。白睡莲俱乐部举办的"与马克·吐温共度今宵"的门票被抢购一空，活动结束后，他怀着轻松愉快的心情为观众签名。楼上装饰豪华的图书馆里，绅士们衣着考究，女士们身体肥胖，涂脂抹粉，这群富有的观众被他逗得捧腹大笑。他们来这儿的目的就是为了让马克·吐温逗他们开心，而不是为了获得思想上的启迪。这太好了，那他就陪他们玩呗。这个圆顶大厅的确气度不凡，里面放着一把雕饰过的酷似宝座的桃花心木椅子和一张桌子，他就坐在那儿为再版的《傻子国外旅行记》签名。成百上千的崇拜者迫切地想跟作者握手，并期望珍藏一个他涂抹得无法辨认的签名。在等候签名的崇拜者中，这个腼腆的女孩看起来大概有十三岁，和她的妈妈站在一起，也可能是她的奶奶，她也是那些涂脂抹粉的女士之一，她们对克莱门斯先生的钦慕把他搞得疲惫不堪，因为你必须表现得谦卑有礼，不能把她们的喋喋不休强行打断，或是冲着她们浓妆艳抹的脸打哈欠。因为这就是那个该死的购书群体，你当然必须对此心存感激。但作为一个白发苍苍、德高望重的七十岁老者，他有资格做出一些反常的举动，他示意那个女孩到队伍的最前面来，是的，那个是她妈妈或奶奶的人也一块儿过来，然后给她们的书题了字，并送上了他那个著名的签名。

"你叫什名字，亲爱的？"

"麦德琳……"

"'麦德琳'这个名字很可爱。你姓什么，亲爱的？"

"艾弗里。"

"啊！'麦德琳·艾弗里'。我就知道肯定是你：'麦德琳·艾弗里，还有谁比你更鲜美。'"为了掩饰内心真实的感受，克莱门斯先生极其夸张地大笔一挥，在女孩那本《傻子国外旅行记》的扉页上草草写下刚才那句打油诗，并签上了马克·吐温的名字，那潦草的笔迹看起来就像剃须刀内部缠绕的线圈。凑近了看，女孩比他想象中还要漂亮。那张心形的脸蛋生得十分精致，光洁柔滑的皮肤因激动而泛起红晕。她看起来多像自己女儿们小时候的样子啊，尤其是苏西，那个已经死去的他最疼爱的女儿——哦，亲爱的苏西是什么时候死的？——都过了这么多年了，令他感到震惊和不解的是，他竟活得比她还要长，年老的人比年轻的活得还要长久，这是一件极其荒唐的事。这种喜欢卖弄的白发老爷爷的生活！麦德琳将咖啡色的头发梳成女学生式的辫子，并垂到了肩上，刘海儿遮住了前额，几乎跟眉毛一样齐。她穿着无袖的紫红色天鹅绒连衣裙，短衫的领子和袖口绣着白色的花边。她穿着白色的长筒袜，上面带有钩状的花纹，脚上穿一双质地精良的黑亮皮鞋。她使劲儿地抿着甜美的小嘴儿，努力不让自己大笑起来。从那双美丽的眼睛飘闪的样子，他猜出她有点轻微的近视；他心里徒生一股汹涌的疼惜之情，而他只眼巴巴地望着她，手握那支崇拜者赠送的金黄色和黑色相间的水笔，他的手指不禁颤抖起来，视线也变得恍惚僵硬。

这是在做梦吗？一定是的。七十岁了，不再是十七岁了。每一个他曾爱过的女孩子，都已经死了，消失了。除了你，什么都不会留下。而你也不过是一个思想而已。

克莱门斯先生毫不理会其他在大厅里等候跟他握手和索要签名的成年崇拜者们，却跟那个女孩和她的母亲（事实上，那个化了妆的满脸堆笑的女人是小女孩的母亲）风趣地攀谈起来。很快，他便得知她们住在公园大道第88街，路程并不很远；还有，艾弗里先生在做"毛皮"生意；麦德琳在河畔女子学院读书，选修了钢琴和笛子，并希望成为一个"诗人"；她的实际年龄只比看上去大了一点儿，十五岁；如果不是十五岁该有多好啊，因为她喜欢滑冰、乘坐雪橇，喜欢小猫咪；她最喜欢吐温先生写的《王子与贫儿》。克莱门斯先生和蔼地说："亲爱的，你原该把那本书一起带来的。这样我就可以给你签个名了。"克莱门斯先生很不情愿让麦德琳和艾弗里太太离开，因为他还有很多话要和顾盼神飞的麦德琳说，并希望她也有更多的话要跟他说。他偷偷地把一张名片塞进了她的《傻子国外旅行记》，名片上印有塞缪尔·朗霍恩·克莱门斯这个名字和他在第五大道的住址，并匆匆写下一句直率的呼求：

孤独！急需秘密笔友！

克莱门斯先生的女儿，厉害的老姑娘克拉拉走了上来，她常陪他出席这样一些场合，还得长时间地在一旁等候。签名，握手，接受恭维。签名，握手，接受恭维。当这个爱慕虚荣的老男人长久地沉浸在人群赞美的光晕里而乐不思蜀时，她毫不掩饰脸上不耐烦的神情。他身穿定做的白色哔叽套装，一头浓密的头发白得像一团雪，嘴唇上留着刚硬的灰白色短须，一副威风凛凛的王者气派，然而目光锐利的克拉拉一眼就看出他已经疲惫不堪了：扮演那个年老的密苏里小丑"马克·吐温"终于把他弄得精疲力竭。多年前，他最疼爱的女儿苏西去世，自那以后，他再也没能从这个打击中恢复过来。三年前，长期饱受疾病折磨的妻子丽薇去世，此后他便活在这个阴影中。他也无法摆脱自尊心所受到的伤害，一是由于投资不善损失了不大一笔钱，再者是自《傻子国外旅行记》和《艰苦岁月》之后，数十年来他没能再写出一部大获成功的畅销书。在公开场合，他温和可亲，一笑起来眼角就堆满了皱纹，他身上透射出的那股恒久的魅力总令人心驰神荡，而在私底下，他却脾气暴躁，尖酸刻薄，且像孩子那般随心所欲，任性妄为，实在让人头痛。他的健康状况也在恶化：那颗"烟鬼的心脏"，还有他的肺，五十年来一直饱受难闻的劣质雪茄的毒害。从前父亲那双蓝绿色的眼睛神采飞扬，而眼下克拉拉从中看到的却是一种凄凉孤独、绝望失落的神情。在今晚的表演中，他有好几次突然忘了自己正在说些什么，那一长串具有密苏里特色、拖长了调子的话音渐渐陷入了一种尴尬的沉寂，他的左眼皮飘闪了几下，然后垂了下来，就好像猥亵地看了一眼什么东西似的。在漫长的签名过程中，他那支惹人注目的钢笔多次掉在了地上，白睡莲俱乐部的某个死心塌地的崇拜者便一次次把笔捡起来送回到他手上。克拉拉一想到他的呼吸闻起来有股威士忌的酸酸的味道就不寒而栗：他把那只银灰色的酒瓶塞进外套的口袋随身携带，以便有机会躲进卫生间喝上一口，对于这一点她深信不疑，就好像她亲眼看到过这一幕似的。此刻，她挤出一个乖巧的笑容，向正在雕刻精美的桃花心木宝座上听政的父亲俯下身子，然后在他耳边轻声问道："爸爸，你跟那个女孩都说了些什么呀？"

她实在无法容忍克莱门斯先生的这个毛病。这是他为数不少的毛病中最令人气愤的一个。

克莱门斯先生对她不予理睬。此刻他是公众心目中那个崇高的自我，任何责难他都会漠然视之。人群崇拜他，他灰白色的眉毛轻轻一扬，胡子和那密布着毛细血管的球状红鼻子稍一抽动，都是那么的令人忍俊不禁。"马克·吐温"实在太风趣了，她可没这个本事，也不敢去招惹他，因为好脾气的他会在顷刻之间变得暴虐冷酷，从而将她彻底打垮。一个时辰里，克莱门斯先生大部分时间都在白睡莲俱乐部的大厅和崇拜者热情地握手，接受大量的溢美之词，就像一条饿极了的狗不顾一切地用舌头舔着稀粥。他对索要那个著名的"马克·吐温"签名的人来者不拒，但时间一长，尤其到了最后几分钟，那个签名越来越夸张，也越来越难以辨认。

机器生产机器！塞缪尔·朗荷恩·克莱门斯就是一台机器，所以马克·吐温就是被机器生产出来的机器。这是最过瘾的讽刺，不过：究竟谁在讽刺？究竟谁在戏耍、嘲弄人类？

他任潦草的笔迹在纸上纵横驰骋，雪茄的烟灰纷纷散落下来。

夜里，他又醒了，拿起笔，匆匆点上一支雪茄，坐在卷成一团的散发着潮气的被褥中间，试图捕捉梦的残片和荡起的余波。美妙绝伦的天使鱼，通身淡淡的蓝绿色点缀着金黄，鱼鳍优雅精致，眼睛硕大无比，它从天真纯朴之中游来，游入我编织精美的渔网，呵！心脏如此猛烈地跳动着，搅得追梦人难以安睡，他大声宣布：我还活着——不是吗？——还活着——我活着！卧室弥漫着蓝色的烟雾，宛若百慕大附近的加勒比海底。

第二天早晨，他收到一封邮件，小信封呈乳白色的正方形，上面的地址显然出自一个小女生的笔迹，它终于来了！他悄悄躲进一个无论是凶悍的克拉拉还是管家都不会发现的角落，然后美滋滋地撕开信封。

亲爱的克莱门斯先生：

我可以做你的秘密笔友吗？我也非常孤独。

不过，今天我是全纽约最幸福的小女孩，克莱门斯先生。您热情地为我珍爱的《傻子国外旅行记》签名，我真的非常非常地感激您。我把书给学校里所有的同学都看了，因为我太自豪了。感谢您能看出我多么的渴望能和您说说话。希望您能做我的秘密笔友，没有人会知道我就是那个白天每时每刻都心怀思念，甚至在夜晚最深沉的梦中也牵挂着克莱门斯先生的小女孩。

您的新朋友

麦德琳·艾弗里

公园大道 1088 号

1906 年 4 月 17 日

他急忙写了回信。

亲爱的麦德琳：

你不正是那个最讨人喜欢的小姑娘嘛！你写信给我，如我一直期盼的那样。你无法想象整日被一群成年人团团围困是多么无趣，而每天看镜子的时候，竟也发现一个成年人正望着你！

现在我有了自己的秘密笔友，我不再感到孤独。我因此随信寄上两张下周日卡耐基音乐厅精彩的《天鹅湖》的日场包厢票，希望你——当然还有你亲爱的妈妈——能和你的笔友克莱门斯先生一起观看演出。看到那条木制的假腿、那只玻璃假眼和那缕海象胡须，你就会认出克莱门斯"爷爷"了。演出结束后，我们会在广场酒店用些茶点，那里穿制服的服务生很懂得如何纵容克莱门斯先生，他们会把我们照顾得很好。亲爱的麦德琳，你意下如何呢？

　　我最亲爱的天使，听到如此可爱的一个小姑娘说她"白天每时每刻，甚至夜晚在梦中"都思念着我，我成了全纽约最快乐的爷爷。——事实上，我要把你的信放在枕头底下。

来自你最年迈最新近的俘虏——

克莱门斯"爷爷"

第五大道 21 号

1906 年 4 月 18 日

像施了魔法一般，乳白色的小信封载着小女生周正漂亮的笔迹再度降临。

亲爱的克莱门斯先生：

　　谢谢您慷慨热情的邀请，我和妈妈很荣幸地答复您我们"一定去"。我们简直喜出望外，亲爱的克莱门斯。您的慈祥善良已完全占据了我的心房，我是您最忠诚的笔友，谢谢您。您在人群中发现了我，您那会儿就知道我会爱上您的。

您的"孙女"麦德琳

公园大道 1088 号

1906 年 4 月 19 日

在《天鹅湖》以及广场酒店茶点之后的欣狂中，信又来了。

亲爱的、最亲爱的克莱门斯先生：

从星期天到现在，我几乎没合过眼。如此美丽的音乐——如此神奇的舞蹈！谢谢您，亲爱的克莱门斯先生，我会吻这封信，如果此刻您在这儿的话，我会吻您的脸颊。（哦，不过您的胡子会把人弄得痒痒的！）广场酒店的服务生把插着咝咝燃烧的蜡烛的冰淇淋蛋糕端到我们桌旁并唱起"祝你生日快乐，麦德琳"，那一刻是多么令人激动惊喜啊！——这是我一生当中最美妙的惊喜。亲爱的克莱门斯先生，您说得对，什么时候祝贺生日都不算晚，您错过了我的——整整十四个生日！（但我已是十四岁了，事实上我已经十五岁了。十六岁的生日是在不到两个月后的 6 月 30 日。）

再次感谢您，亲爱的克莱门斯先生。我一心盼着很快就能见到您！

您最衷心的"孙女"麦迪

公园大道 1088 号

1906 年 4 月 25 日

呵！他用颤抖的手指拿起笔，竭力使自己尽可能写得清楚一些，灼热的烟灰散落在了信纸上。这是一张古老的橡木雕刻的带罩蓬的威尼斯风格的大床，被褥乱糟糟地堆放在床头，并散发出一股怪怪的味道，而他就靠在上面写着。

最亲爱的天使麦迪：

收到你蘸满亲吻的信，爷爷是多么的自豪！（真的，我能根据斑驳的墨迹清楚地分辨出每一个吻。）

爷爷也很开心，我们上周日的小出行大获成功；所以我们必须很快再出去一次，亲爱的麦迪。如果非同一般的笔友能在中央公园秘密会面，意义也将非同一般。但我觉得这不大可能，至少现在不行。

不过，克莱门斯先生邀请你和艾弗里太太参加五月十一号晚七点商业中心剧院举办的一场慈善晚会，你的笔友届时将扮演那位"臭名远扬"的密苏里圣人"马克·吐温"。门票已所剩无几。（"凤毛麟角"——这一点可想而知。）几位女士将应邀参加商业中心的晚会——很少的几位——但作为上面提到的马克·吐温先生的客人，你和妈妈会有预留的包厢座位。

亲爱的，如果这个日期于你们没有什么不方便，请写信告知我。急切地期待着你的回信，所有的吻都只送给你一个人。

你深情的爷爷克莱门斯

第五大道 21 号

1906 年 4 月 26 日

回信很快就到了，乳白色的信封散发着一抹淡淡的清香。

最亲爱的克莱门斯"爷爷"：

我不知道自己是否值得拥有您这么多亲吻！亲爱的克莱门

斯先生，我和妈妈很高兴接受这个美好的邀请。我们都非常崇敬那位"臭名远扬"的密苏里圣人。亲爱的克莱门斯先生，也唯有他能和卓越非凡的您并驾齐驱。

如果这页纸上有斑斑点点的墨迹，那是因为泪水从我眼中流了出来，但愿我的笔迹不致让自己感到羞愧难当！在这封信以及信封上，我把秘密的亲吻送给闯入我心灵的那个神秘的人。

您忠诚的"孙女"麦迪

公园大道 1088 号

1906 年 4 月 27 日

马克·吐温先生在商业中心剧场大获成功，门票售罄之外还卖了站票，随后他收到了来信。

亲爱的克莱门斯"爷爷"：

此刻，我写信代表自己和母亲为那个和吐温先生共度的难忘的夜晚向您表示深深的谢意。我的双手还在隐隐作痛，因为我那么狠劲地拍手鼓掌，我的嗓子已经沙哑，因为在吐温先生的崇拜者当中，我的笑声最为响亮。妈妈说，这段记忆我会珍藏一辈子，我知道我会的。亲爱的"爷爷"，那天晚上，我心潮澎湃，彻夜未眠，后悔在剧院时没能亲自谢谢您，并心存感激地吻您的脸，因为我就是那个爱您的小女孩。

麦迪

公园大道 1088 号

1906 年 5 月 12 日

又及：现在，春天来了。每天放学后，我都可以独自一个人到公园里去。我在那儿发现了一个最隐秘的角落，就在一座小池塘上面的小山丘上，那里有座石头长椅。在八十四街附近的大道上，您会看到那片最美丽的粉红色郁金香花丛，沿着花丛后面的那条小路朝前走就到了。亲爱的克莱门斯先生，这是个非常特别的地方，我只告诉"爷爷"一个人。

我们每个人都很疯狂，只不过疯狂的方式各不相同。这个敏锐的洞见究竟出自克莱门斯还是吐温，他竟想不起来了。

"爸爸，是那个女孩吗？你在白莲花俱乐部遇到的那个女孩？你不能再这样了，爸爸。你该记得，上次——你的好心如何被人误解——爸爸！"

克莱门斯先生毫不理会他这个粗暴的女儿。对她无礼的问题不予回答。他手拿那根雅致的雪松拐杖正要出门，他不敢在她面前停下步子，生怕自己会大发雷霆（啊，克莱门斯先生很容易"情绪失控"！），并用那根拐杖狠狠地抽她。

"爸爸！求你了。我看过她写给你的那些信——我是说信封。爸爸，不要再这样了。"

白发飘飘的他把头威风凛凛地一扬，侧身从她身边走了过去，走进五月璀璨的阳光里，并沿着第五大道向北走去。胜利的狂澜在他的心头撞击翻腾，所有的感觉一下子变得敏锐、鲜活起来！终于逃离了坟墓般的宅邸，他感到一阵惬意的释然。那座豪宅年租八千美元，在某种意义上，它成为塞缪尔·克莱门斯先生的财富、尊严和声誉的象征，而现在却让他恨得咬牙切齿。他亲爱的妻子丽薇没在那里去世，他疼爱的苏西也没有，然而这座花岗岩豪宅却是如此的幽暗、阴森，毫无欢乐可言，好像她们的确死在了那里；有时晚上剧烈的咳嗽发作时，他觉得也许自己也会死在那儿。

克莱门斯先生眼下没有妻子——也无心续弦——他的女儿克拉拉承担了那个角色。她已年过三十，却还没有出嫁，这个事实让她无法忍受；在那个时代，一位名门闺秀过了二十岁还是处女之身就已经开始显"老"了。她对他心生怨恨，如果还说不上极其讨厌的话，她依靠"马克·吐温"这位密苏里的圣贤过活，却痛切地觉察到别人对"马克·吐温"的兴趣，于是不顾一切地想要对他予以保护。她愤怒的目光里含着恳求：爸爸，难道有我还不够吗？

这个人世间最令人神伤的问题，我们每个人都被问到过，如同我们问别人那般！答案会是什么呢？

几年前，丽薇那会儿还在世，可怜的克拉拉长期淤积的失意和痛苦，在一瞬间突然爆发出来，这是女性情绪中最粗野、最令人震惊的一种；她失去了一切镇静和克制，失声痛哭起来。她声嘶力竭地吼叫着，把家具掀翻在地，揪扯自己的头发，乱抓自己的脸，并对着惊呆了的克莱门斯先生哭嚷说，她恨透了爸爸，是的，她也恨妈妈，恨她的生活，恨她自己。虽然这暴风骤雨般的情绪失控已过去很久了，然而克莱门斯先生从来也没有彻底原谅过克拉拉，他不信任她。在内心深处，他也不大喜欢她。

啊，小麦德琳·艾弗里简直就是来自另外一个世界的人。

那个爱你的小女孩。

真该死，克莱门斯先生那天上午一直在写作。没有人会理解，一个作家，即便是声名大振的畅销书作家，仍旧必须写作。他在书桌旁坐定，椅子上铺着一个已经磨损得污迹斑斑的垫子，近些年来，他消瘦得屁股上只剩下皮包骨头。他戴着一副该死的不大合适的双光眼镜，由于甲状腺肿大导致毛细血管破裂，他的鼻子稍微有些红肿，但眼镜还是从鼻梁上滑了下去，他只好眯着眼睛朝下看，唉。克莱门斯先生用患有关节炎的手指握紧笔，在那巧妙地取名为"小丑帽"的大页纸上潦草地涂写着，他正在构思一个富有神秘色彩的讽刺故事。这个故事以十六世纪的奥地利为背景，其中的一个人物是撒旦，他比弥尔顿笔下的撒旦更强于雄辩，且要狡诈精明得多。然而，克莱门斯先生的写作却阻力重重，原因是他对十六世纪十分陌生，并且对故事的地理背景一无所知，不论是奥地利还是其他任何地方，就像他对这个撒旦一无所知一样。（倘若你拒绝相信上帝的存在，你又怎么可能相信撒旦的存在呢？）他像受到了诅咒，不得不回过头去把写过的东西重新再翻看一遍，那简直就是一长串空洞无物、华丽虚浮的辞藻堆砌，这无疑是对自己内心激情的一种讽刺。他怀着沮丧和厌恶的心情，抓起纸张揉成一团，而后又不得不把它们展开铺平，重新誊写，因为他起码在目前还不能接受让一个抄写员插手这种令人神伤的文学活动。他设想过，这个故事最终会以"马克·吐温"的名字发表，不过他很清楚，它蕴涵的某

种特质却是"马克·吐温"难以企及的；同往常一样，读者会感到
艰涩难解。最令他惊悸不安的是，他觉得自己现在变成了一个明智
审慎的老人，一个耶利米①式的年老的先知。年轻的时候，词语就
像马尿带着轻松自如的欢畅从"马克·吐温"的笔端喷涌而出，而
眼下，言说的欲望却显得分外迫切。当词语比较容易上手的时候，
却往往苍白无力，乏味沉闷，庸俗不堪；而当词语"千呼万唤始出
来"时，却也好不到哪里去。一个男人的性能力在五十五岁左右会
逐渐减退。剩下的一切，只能摇摇晃晃地勉强支撑一小会儿。

不过，当克莱门斯先生给小麦德琳写信时，却是那般游刃有
余，乐在其中。写信的时候，他始终都在微笑！全纽约最幸福的老
爷爷！

现在他没有自己的亲孙子。觉得以后也不大可能会有！他最疼
爱的女儿已经死了。其他几个女儿跟他都不是很亲近。老朽的李尔
王被愤怒冲昏了头脑，唯一的好女儿死在了他的怀里。

在那件白色外套的口袋里，他为小麦德琳准备了一份让她意想
不到的精美的小礼物。

克莱门斯先生此刻感觉真好！那天早晨，那颗苍老倔强的
心脏过早地将他唤醒，心的鼓槌重重地敲击着，我还活着——是
吗？——还活着——我活着！他穿着那身富有传奇色彩的白得耀眼

---

① 耶利米是《圣经》中犹太国灭国前最黑暗时的一位先知，是《圣
  经·旧约》中《耶利米书》和《耶利米哀歌》的作者。他被称作
  "流泪的先知"，因为他明知犹太人远离上帝后的悲哀命运，却不能
  改变他们顽固的心。

的西装，与之搭配的还有白色的马甲、白色的纯棉衬衣、白色的领结和白色的小牛皮鞋，所有的衣服都是量身定做的；一头相当浓密的头发白得像一团雪（理发师每天上午都会来到克莱门斯先生的卧房为他精心打理头发，这已经是几十年来养成的老习惯了），威风凛凛地在清风中起伏飘动；一道熟悉的曼哈顿风景，吸引着陌生路人钦羡的目光和微笑。如果没有这该死的痛风就好了，就不必拄根拐杖行走！克莱门斯先生显然一点都不老，在某种程度上，他还保持着年轻时的身姿。然而，走到第十大街时，他开始有些气喘吁吁了，倚着拐杖吃力地向前走着；一阵强烈的焦渴向他袭来，他想点支雪茄，那散发着难闻味道的廉价雪茄对克莱门斯先生来说，简直胜过任何灵丹妙药。

对那些令人窒息的女性，你要学会视而不见。克莱门斯先生的策略就是，除非万不得已，尽量避免把目光过多地投向她们，就像很久以前，父亲出于慈爱的冷漠，很少会看他一眼。这个头发红得像一团火的儿子，很小的时候就疾病缠身，或许父亲觉得他终归活不长久而没有必要再去搭理他。同样，年老的山姆要漠视那个变得纠缠不休、歇斯底里的女儿，现在她也已经是个成年老姑娘了，身上再没有一丁点儿讨人喜欢的地方，事实上，在克拉拉身上有某种东西明显地让他感到了讨厌，他连多看她一眼都受不了。

爸爸你不能这样做。爸爸你这是在伤害妈妈。你说你爱妈妈，但是——你分明在背叛她！

但是，男人必须抽烟！这是本性使然，与其说是造物主的意愿，倒不如说是物种的本能反应。男人必须抽烟，否则生活缘何而起？

"对不起，先生？请问您是——马克·吐温吗？"

笑容弥漫着惊惶的快乐。孩子般的激动和敬畏。能在另外一张面孔上看到瞬间点燃的激情，这是何等的美妙神奇！一个早已对生活失去了知觉的人，一个从坟墓里发出声音的死人，透过另外一个人的目光，发现自己竟然还活着！对一身炫白的克莱门斯先生来说，在路旁停下来接受陌生人的溢美之词，算不上什么麻烦事。他跟他们握手，如果哪个崇拜者带着纸和笔，他甚至还会送上一两个签名以满足他们的愿望。（事实上，克莱门斯先生每次出门时都会在翻领口袋里塞上几支笔。）克拉拉毫不留情地大笑着说：爸爸你真是个爱慕虚荣的老家伙，你把自己弄得多么荒唐可笑。然而值得庆幸的是，克拉拉此刻不会看到这一切。

"您简直太好了，吐温先生！谢谢您。"

他继续慢慢地朝前走着，尽量不让自己太过明显地倚靠那根拐杖。克莱门斯先生甚至可以听到身后传来的低声惊呼：马克·吐温先生可真是个心胸开阔的人！他是那么宽厚善良，那么亲切和蔼！他真是个绅士。在女儿刺耳的嘲笑背后，这对他苦恼的灵魂是一种慰藉。

走到第十二街时，他已经上气不接下气了，那该死的痛风的膝盖害得他一瘸一拐地跛行着，恼火的克莱门斯先生示意一辆出租马车停下。

很快，鹅卵石铺成的大街上响起了那匹漂亮的栗色马嘚嘚嘚的马蹄声。旋即，一场冒险的旅程开始了。

他在马车敞开的后排坐定，此时微风轻轻地吹拂着，克莱门斯先生扔掉那只湿漉漉的让他感到恶心的烟头，接着打开烟盒重新点上另一支雪茄。在那伙阔绰朋友的熏染下，他对一种昂贵的哈瓦那雪茄产生了特别的兴趣，但只有跟他们在一起的时候，他才会放纵这种奢侈的欲望，而独自一个人的时候，最便宜的雪茄对他就足够了。他的心脏被强烈的烟味刺激得突突乱跳，然而，一旦他停止吸烟超过一个小时，那该死的心脏会跳得更加狂乱。

你的本意被人误解成什么样了，就像上次。

爸爸，不要！

马车猛地晃动了一下，克莱门斯先生咬紧牙关。他倒没有想起正在那个"秘密的地方"等他的小麦迪，却很不可思议地想到了小时候的自己：那个茫然无措的小孩子山姆，父亲不爱他。头发红得像一团火焰，疾病缠身，聪明好动，母亲对他疼爱有加，而一脸憔悴的父亲却不会如此。一位郁郁寡欢的密苏里农村的巡回法官，一个职场失意、忧愁愤懑的律师，他从来没有——一次也没有！——对山姆笑过。（情况的确如此，约翰·克莱门斯先生对他的每个孩子都很少笑过。）让人觉得不可思议的是，他都已经七十岁了，却想起了这些，既带着一丝轻松的乐趣，又牵起了昔日的伤害和愤怒。当小山姆不小心闯到了父亲身边时，他是怎样地皱起了眉头，面色僵硬，好像约翰·克莱门斯觉察到一股神秘、邪恶的气味正向他逼近。但是，我爱这个冷血的畜生。为什么这个冷血的畜生就是不爱我！

听众里总有些人你无法取悦，难以征服。

但是，你必须取悦，必须征服！

大家想不到小山姆竟会活过第一年。父亲于一八五七年晚冬去世，那时他已经十一岁了。那个形容枯槁的男人死于肺炎，死得极其悲惨——窒息而死。即便快死的那一刻，他都拒绝接受这个极度惊恐的儿子。他连碰都不愿意碰他一下。他没有给他留下任何祝福的话。临到咽气，他都没对他说过一句话。他看上去满腹怨怒，懊恼不堪。他自始至终都是个虔诚的基督徒，赞同奴隶制，是一位决心捍卫土地法的律师，一个敬畏上帝的人，严格恪守结婚并"繁衍生息"的圣训，然而眼下：他反正是要死了，在四十八岁这个年纪，他的身体已经萎缩，一副老态龙钟的样子，看上去就像个活死人，无论怎样祈祷也救不了他了。

约翰·克莱门斯终其一生都在债务中摸爬滚打。所谓父亲，就是欠债的人。你刚来到这个世界上，就欠人家的，还要对债主心存感激。很快你便明白，生活就是一场摆脱债务的挣扎，就像要挣扎着爬出那正吞噬着你下身的沼泽。你不辞辛苦地劳作，倾尽自己全部的气力。你试图爬出那片沼泽，而你的敌人却猛踢你刚刚抓牢的双手，还用靴子的后跟狠狠地踩踏。你是个狂热的基督徒，而他们比你更加狂热。上帝对他们的祈祷洗耳恭听，并伙同他们把你奚落嘲笑。可悲的畜生：你活着的时候在债务中辛苦挣扎，现在你又挣扎着死去了，你的家人还要继续替你还债。

透过锁孔，火红头发的小男孩山姆目睹了当地一个验尸官给约翰·克莱门斯裸露的尸体所做的尸检。小男孩认得验尸官，而尸检的整个过程在他眼中简直恍若幻境。他死死地盯着看，不敢相信尸体的胸腔竟被一根又小又锋利的类似撬棒的东西给打开了。他给吓呆了，恍惚中看见好像是尸体的肺被取了出来，放在了一个金属桌子上；而取出的那颗心，根本不是情人节那颗象征爱情的心脏，而是一块血淋淋的多筋的肌肉。

强烈的恐惧使他浑身不由得战栗起来。他本不该看到这一切，但无意之中已铸成大错，而这一次，他再也没能从中恢复过来。来到外面的草地上，他不由得一阵恶心，接着几乎把肠子都吐了出来，他的童年也随之结束。

母亲让他在当地做了一个印刷学徒，艰难的生活开始了。

劳作，劳作！你所做的一切，就是为了摆脱债务：你要让自己成为一个有钱人，不再被债务折磨，不再被死亡威胁。

即便如此，你还是无法得到最终的解脱。

他的天使鱼们不会知道这些令人伤感的故事。关于早年不幸的生活经历，克莱门斯先生绝不会向他年轻的朋友们透露半个字。在这个"名人"的灵魂深处，这种耻辱始终纠缠着他，而他绝不会让亲爱的孙女们知道半点内情。

而眼下这个女孩——她叫麦德琳吗？麦迪？——一个身材苗条、非常漂亮的约莫十四岁的女孩——也可能是十三岁——正如约在那个"秘密的地方"等待着克莱门斯爷爷的到来。那个地方在八十六街附近，沿着第五大道步行一小会儿就到了。那里有一片郁金香花丛，一座池塘掩映其中，而石椅就在池塘边上。啊，爷爷苍老的心不由得咚咚直跳！他的手在口袋里一把握紧了那个小礼物。女孩穿了一身非常迷人的海军蓝校服，上身是件无袖套衫，下身是件带褶边的短裙，套衫底下穿了件长袖的白色纯棉衬衫；腿上穿着白色的长筒袜，上面布满了细密的网孔；小脚蹬着一双系带子的亮光闪闪的皮鞋。她闪亮的深色头发扎成两个发辫垂在肩上，那张心形的脸庞上波动着期待的玫瑰红。1857 年，他的童年在密苏里野蛮的汉尼拔宣告结束；而她的童年，在曼哈顿最文明的街区，绝不会很快结束。

这一点他很确信！他会确保如此。

"克莱门斯先生！"——小女孩一下子从石椅上跳了起来，之前她一直保持着看书的姿势，偶尔会在笔记本上匆匆写点什么，一眨眼的工夫，她已出现在他的面前，一副激动、迷醉的神情。她用细长的双臂欣狂地搂住了他的脖子："我早就知道那一定是您，一身白色，沿着那条小路走来，除了您不会有别人"——热情的亲吻湿润了爷爷饱经沧桑的脸，他笨拙地弯下腰接受拥抱的时候，一阵情绪的激荡使他满脸涨得通红，他一手拿着点燃的雪茄，一手扶着雪松拐杖，努力克制着主动拥抱她的冲动。"我可以叫你'爷爷'吗？——亲爱的'克莱门斯爷爷'——我跟妈妈说我去一个同学家了——我以前可从没骗过妈妈，我敢发誓！——在这儿等您的时候，我觉得很孤单……"他的心脏猛地抽搐了一下，突如其来的痛风引发的刀割般的阵痛，给他带来了片刻的清醒。没有一丝密苏里舞台上的拖沓懒散，此刻他怀着一腔赤诚，字正腔圆地对她说：

"亲爱的麦迪，等你的时候，我也觉得很孤单。"

他再也无法忍受黑色的衣服——可恶的黑色——黑色，哀伤和死亡的色调——

但愿我可以穿得色彩缤纷，浑身飘溢着彩虹般的美奂，但女人们垄断了这个彩色王国——一座伊甸园！

而我将穿上白色——白中之最白！——最纯净最质朴的白！——穿越漆黑恐怖的冬日——在这个时代，没人胆敢像我这样。

最亲爱的克莱门斯"爷爷"：

内心满载着对最亲爱的爷爷的爱，我是如此的焦虑不安，我怕您无法看清我的笔迹，因为纸上有如此多的污点（泪水和亲吻）。您送给我这枚漂亮的天使鱼别针，我该怎么感谢您才好呢？那神奇的珐琅，那泛着金色和天蓝色的眼睛。哦，最亲爱的爷爷，谢谢您！

现在，我每时每刻都在想念亲爱的爷爷。除了爷爷，别无他人，怎么可能有别人呢？亲爱的爷爷，我就是爱您的那个小女孩。

您深情的"孙女"麦迪

公园大道 1088 号

1906 年 5 月 14 日

该死的人类！简直就像梅毒。一种必须被彻底根除的恶性传染病。

我就是撒旦，我比谁都清楚。

这些百慕大群岛最漂亮的天使鱼们，纷纷游向海军上将精美的渔网：它们通身碧绿，眼睛大大的，透明的鱼鳍泛着微光，小到可以放进伸开的手心里。

眼下，温柔可人、幽默风趣的小珍妮·安是海军上将克莱门斯水族馆最年幼的天使鱼。她是卡莱尔家十一岁的女儿，今年夏天他们一家会到克莱门斯先生乡下的消夏别墅住上一段时间，所以克莱门斯先生肯定能再见到她。新近加入俱乐部的是维奥莱特·布兰肯什普，她大概十四岁多一点儿，克莱门斯先生由衷地希望她还不到十六岁。莫里斯·布兰肯什普医生是公园大道的内科医生，负责治疗克莱门斯先生的痛风、关节炎、消化系统、呼吸系统以及心脏等方面的疾病，而他这个女儿喜怒无常，轻狂浮躁，极度的"亢奋欣狂"。克莱门斯先生对人见人爱的小杰拉尔丁·赫什费尔德再熟悉不过了，她是他在哈珀出版公司的编辑的小女儿，从她出生到现在，克莱门斯先生一直都很疼她。现在——真的不敢想象——至少十二年已经过去了。还有精灵小淘气范妮·欧伯瑞恩，克莱门斯先生曾笑称，可不能相信这个小鬼，她无时无刻不在捉弄人。还有温柔娴静的海伦娜·华莱士，还有身材细瘦的莫莉·蒲柏，就像去年那样，只要答应给她母亲一小笔钱作为酬谢，她肯定会同意这个夏天带上十三岁的女儿去探望海军上将克莱门斯。水族俱乐部的会员们都公开佩戴着天使鱼别针，她们的父母也没觉得这有什么不妥。

事实上，这些父母对年老的克莱门斯先生那异乎寻常、慷慨大度的做派早有耳闻，他对女孩子们的关注令他们受宠若惊。我七十岁了，膝下无孙，可能会有人觉得我的内心空旷阴郁、孤独凄凉，但事实绝非如此，我的心因为装着一群如天使般美丽纯洁的女孩子而鲜活丰盈。

"爸爸，你简直太荒唐了。你都这把年纪了！爸爸，我是你的女儿，这难道还不够吗？"

克拉拉的声音生硬、刺耳，眼中激荡着痛苦的涡流。克莱门斯先生低下头不去看她。猛然间，他感到一阵愧疚：在克拉拉的恳求声中，他听到了很久以前自己向从未爱过他的父亲约翰·克莱门斯发出的呼喊。"亲爱的克拉拉，我或许真的是个冷血的畜生。"克莱门斯先生笑了笑，转身走开了。

不过，啊！——那些天使鱼们。不论克莱门斯家里的气氛多么紧张，也不论克拉拉和简多么令他失望，只要一想到那些上学的孙女们，他那颗饱受摧残的心便又可以展翅飞翔了。

从目前来看，在海军上将克莱门斯开创的水族俱乐部里，天使鱼们的表现都很不错，不过在克莱门斯先生看来，小麦德琳可能是其中最出类拔萃的一个，不单单因为她那优雅精致的波提切利式的相貌，还有她十足的美国精神：小麦德琳曾发誓说，她决心要成为一位"诗人"——"让全世界对我刮目相看。"

最亲爱的天使鱼麦迪：

你不正是那个最迷人的小巫女嘛！——我是说，海军上将爷爷已被你彻底迷倒了。

亲爱的小姑娘，你能答应我永远都像现在这样，毫厘不差，永不改变吗？海军上将爷爷命令：此刻就是你最完美的生命。

下周二能在"秘密花园"会面吗？下午四点以后如何？那个饶舌的密苏里纸牌作弊老手吐温先生依旧那么招人喜欢，世纪俱乐部有一场为他举办的午宴，各路达官显贵都将纷纷前来向他祝酒。午宴结束后，海军上将爷爷就自由了，他邀请你到绿意融融的公园一同赏景散步，之后还可能去广场酒店用茶点。啊，如果我最亲爱的天使鱼能编个幌子说要上音乐课或者要去同学家玩儿什么的，这样妈妈就不会担心了！你要知道，我们可不能让别人起疑心。

啊，我简直恨得咬牙切齿！无论我们的内心多么纯洁无瑕，那个该死的成人世界还是会对我们作出极其冷酷残忍的评判，所以我们必须慎之又慎。

疼你的人为你送上爱和吻。

塞·朗·克

第五大道21号海军上将总部

1906年6月5日

然而，住在第五大道21号的克莱门斯先生必须格外小心谨慎，以防那个厉害的女儿克拉拉截获他无辜的信件。他不敢把信放在门厅里的桌子上等用人拿去邮寄，甚至也不敢把信放进正门旁边的邮箱里；他决意亲自出门把这些温柔的信寄走。

亲爱的艾弗里小姐：

求租或求购启示：一位非常聪慧、非常美丽、棕色眼睛的小小女诗人，身高刚到一位先生的肩头，身轻如燕，放在掌心就能托起。任何回复请直接寄给海军上将塞缪尔·克莱门斯，地址如上。

非常诚挚的

塞·朗·克

第五大道 21 号

1906 年 6 月 8 日

最亲爱的天使鱼：

早上醒来后，久久回味着昨夜的梦，备感幸福：在百慕大群岛碧蓝的海水中，我和天使鱼并肩游水、跳跃欢腾，我们都很奇怪地——如此令人惊叹地——没有身体，但两人彼此却看得一清二楚，就像一颗灵魂，只有洞察的眼睛才能捕捉，而庸俗的目光却熟视无睹。

为了这个美梦带来的快乐，亲爱的麦迪，谢谢你。

塞·朗·克

第五大道 21 号

1906 年 6 月 10 日

最亲爱的麦迪：

　　独自一人——尽管身边人潮汹涌——一想到我的天使鱼麦迪就感到异常孤单。这个周末继续扮演马克·吐温（如果不是爷爷的把戏玩得出神入化，他就不会被人邀请到这种地方来，也就不会为拒绝如此丰厚的酬金而感到遗憾），宴会极尽奢华之能事，祝酒一直持续到深夜。克莱门斯爷爷凝视着成百上千张红得像猴屁股一样的脸庞，凝视着像自己一样的花白的眉毛和胡子，该死的灵魂却看不出哪一个人会因一枚天使鱼别针而备感荣耀。他只能安慰自己说，再过两天就可以回纽约了，回到我们的秘密花园。亲爱的麦迪，我会给你带一两件礼物。

　　你孤独而慈爱的爷爷，爱和吻。

塞·朗·克

俄亥俄州克利夫兰卡力森酒店

1906 年 6 月 14 日

　　在位于第五大道第九街那座石砌的大房子里，某些个清晨，克莱门斯先生必须对即将到来的邮件分外谨慎，尤其当他很有可能会收到一封天使鱼的来信时。他把睡袍随便往身上一套，浮肿的脚踢上拖鞋，踩着宽大的楼梯一瘸一拐地走下楼，然后拄着拐杖来到门口的小路上，或者干脆走到街上，急不可待地冲那个惊愕不已的邮差打招呼，唯恐被克拉拉抢了先。

最亲爱的克莱门斯先生：

    已经很晚了——万籁俱寂！——深夜，公园大道圣公会教堂的钟声孤单地敲了两下：凌晨两点。我是如此爱您，亲爱的爷爷，我最亲爱的笔友。妈妈以为我已经睡着了，她还责怪说我的举止太过"狂热"，但这又怎能怪我呢？正是由于这种狂热，诗泉才会向我涌来，且不可思议地符合"韵律"：

致我的海军上将

没有什么秘密

会如此神圣无比

除非它在我们之间

自由地呼吸——

为一个永恒的期冀

您忠诚的"孙女"麦迪

公园大道 1088 号

1906 年 6 月 20 日

这谜一般的小诗，克莱门斯先生很快便熟记于心：最迷人的女性诗歌，让他如痴如醉。

"'永恒'！很长的一段时间。"

还有几条天使鱼也曾对克莱门斯先生提到自己的文学抱负，并且写过一些再可爱不过的打油诗，但事实上，似乎只有小麦迪出类拔萃。在那个"秘密的地方"，麦迪给这位年迈的仰慕者看过自己为美术课画的一些水粉画。从她谈到音乐课时那股狂热劲儿来看，他毫不怀疑她的音乐天分。他要把装帧精美的伊丽莎白·巴瑞特·勃朗宁①、罗伯特·勃朗宁②及丁尼生③的诗集送给这个女孩，还有刚出版的美国女诗人诗选《花园诗瓣》。（他也曾瞥过一眼沃尔特·惠特曼的诗歌，诗句狂暴粗野、汹涌澎湃，却又不可思议地激动人心，为此他深感震惊，但它绝不适合任何女孩子或女士阅读。）关于那本《圣女贞德传》，克莱门斯先生给过麦德琳一个特别的版本，它用优质的白色皮革精装而成，而亲爱的孩子接过书，当即流下了激动的泪水。

苏西也曾是个十三岁的小女孩，当时她正雄心勃勃地做着一件了不起的事情：写一本关于父亲的"传记"，那时她对父亲世俗的声名刚有了一点模糊的概念。当然啦，苏西的父亲给她提供了一些帮助。精明的克莱门斯先生希望能出版这本书令他风光无限的《爸爸：十三岁女儿苏西的一本关于马克·吐温的亲密传记》，还希望这本书能大卖一场。然而就像成长中的女孩子常会出现的状况，亲爱的苏西突然对这项伟业失去了兴趣，最终在一个只写了一半的句子上停了下来，那天恰逢 1886 年国庆：

---

① 伊丽莎白·巴瑞特·勃朗宁（1806—1861），英国维多利亚时代最受人尊敬的女诗人之一，影响了许多同一时期的人物，包括罗伯特·勃朗宁。
② 罗伯特·勃朗宁（1812—1889），英国诗人，剧作家。1845 年，勃朗宁与著名诗人伊丽莎白·巴瑞特相识，成就了英国文学史上最饶有趣味的恋爱佳话。第二年他们秘密结婚。
③ 丁尼生（1809—1892），英国诗人，于 1850 年获得桂冠诗人的称号。

我们来到基奥库克，之前我们非常愉快地

真该死！爸爸又鼓动苏西继续写下去，或许他还当着她的面发了一通慷慨激昂的长篇大论，但苏西似乎再也没有时间动笔了；因此这本出自小女生笔下的"传记"散见于几个笔记本，内容非常单薄且残缺不全，以致克莱门斯先生想添些内容进去将它重新粉饰一番都不可能。这些笔记本和他最珍贵的文件和手稿存放在一起。多年以后，他几乎不敢去翻这些笔记本，看着宝贝女儿歪歪扭扭的笔迹，上面还有那么多可爱的拼写和语法错误，在内心深处，他似乎又"听到"了苏西的声音。他感到一阵剧烈的疼痛。

早在1886年，山姆·克莱门斯是何等的英气逼人，他美丽的家多么生机勃勃，整个世界都呈现出一派田园风光！然而在这个广袤的世界上，撒旦一直在悄悄地潜行；从古至今，人类一直谎话连篇，邪恶狡诈，基本毫无存在的价值，这些或许都是不争的事实，不过山姆·克莱门斯那时一点也不悲观。他的妻子丽薇，三个女儿苏西、克拉拉和简都是那么的爱他，他也深爱着她们。山姆·克莱门斯觉得自己拥有了想要的一切。（除了金钱。除了名气。除了声望。）他却怎么也没有料到，没过多少年，他的世界就在1896年8月发生了极其可怕的震荡：似乎一夜之间，苏西就被脊髓脑膜炎夺去了生命。

从那以后，生活就跟他开了一场没完没了的残酷的玩笑。怎么可能会是别的样子呢！似水流年，一眨眼的工夫，几十年一晃而过。闯劲十足的山姆·克莱门斯步入了暮年，红得像一团火的头发变成了一片白雪，举手投足间流露出一种犹疑不决，就好像步行的人总会担心有不经意的病痛来袭。想当年，那密苏里式的拖长调子的演说风格，俨然已成为另一个自己——吐温的特色招牌，如今在他看来却是如此低俗无聊，有失尊严，他却不敢与之决裂，因为这种插科打诨的巡回演讲可是克莱门斯先生的衣食父母，这种谋生方式比关起门来写作赚钱不知要容易多少倍！（写作！它带给你的唯一好处就是某天自杀的可能。）眼下，克莱门斯先生对女儿们的爱也变成了一种严酷的义务：她们离了他就没法儿生活，尤其是病残的简。他受不了她们在他身边，也知道她们都怨恨他。苏西一周年祭日那天，克拉拉就伤透了他的心。当时他有些喝多了，在饭桌上伤感地忆起昔日在采石场（纽约州艾尔梅若市东部）的宁静祥和的生活，克拉拉口没遮拦地径直对他说，她和姐妹们一直都很怕他；她们的确爱过他，但她们更怕他，因为他的嘴像刀子，脾气反复无常，就像善变的"墨丘利神"，还有他拿人寻开心的习惯简直让人"饱受摧残"。还有那该死的雪茄！

那一团挥之不去的散发着腐臭气息的蓝色烟雾，像毒药一样从他身上缓缓地扩散开来。只要某个角落有这股味儿，就知道爸爸克莱门斯肯定就在那里。

克拉拉这一通残酷无情的指责，实在令人心惊胆寒。克莱门斯先生不敢再往下想了。

于是，他翻看起麦德琳写给他的那些信，他格外珍爱这种小女生的字体；他把那首十分令人震撼的小诗又看了一遍，在他看来，这首诗如果不遵循"韵律"的话，倒是首真正的好诗，最起码它是一种女性情感的真实流露。"亲爱的孩子赋予了我灵感。我的天使鱼缪斯。"然而，他自己的语言却来得那般迟缓。事实上，他那只苍老的患有痛风的右手费了九牛二虎之力写出的字几乎无法辨认，他的思想如此凌乱不堪，不过他目前还不想把钱挥霍在一个速记员身上。哈珀出版公司的一篇约稿已经把他折腾得够呛了，然而更要命的却是那个以十六世纪的奥地利为背景的关于撒旦的寓言故事，他心中思绪万千，却又无从下笔，于是那天上午他不得不求助于最钟爱的苏格兰威士忌。不多会儿，他就产生了幻觉，而它又是那么的栩栩如生：撒旦衣着高贵优雅，戴着单只眼镜，蓄着胡子，活脱脱一副维也纳绅士的模样，嘴角还带着一个诱惑的微笑。作为一个神秘的陌生人，撒旦寄居在我们体内，寄居在我们灵魂中最幽深最隐秘的地方。《神秘的陌生人》——这个源于灵感的标题——将成为马克·吐温写过的最优秀的故事，成为他此生的杰作，就像他那些狂热的崇拜者们一直以来所声称的那样，这部作品将最终使他一跃成为美国所有作家之中最伟大的一个，因为《神秘的陌生人》将足以和托尔斯泰最伟大的道德寓言小说相媲美。

一脸憔悴的老约翰·克莱门斯，这么多年来冰冻在长老教会不苟言笑的天堂，此刻俯身看到红头发儿子取得的成就，定会倍感羡慕，同时也倍觉尴尬，难道不是吗？

想到这儿，克莱门斯先生忍不住笑了起来。"'复仇是一道菜，最好凉透了再端上来。'"

继《神秘的陌生人》之后，克莱门斯先生打算再写一部小说，它将使出版商和美国读者激动万分：重访哈克贝利·费恩、汤姆·索亚和佩吉，一部饱含激情、温暖人心的《新……历险记》。"这将是一部关于逃亡的畅销书。我或许要自己出版，这样就不会再为'版税'的事劳心费神了。"

这些想法和憧憬在他脑子里不断地跳跃翻腾，这要归功于小麦德琳·艾弗里。然而，当他想把这些思绪具体化为实实在在的语言写在纸上的时候，笔端模糊不清的词语总是姗姗来迟。虽然爷爷那条最漂亮的天使鱼给了他写作的灵感，而她又搅得他心烦意乱：他满脑子几乎全是她。该死的！她会不会把这个秘密的——神圣的——地方告诉其他人，说得通俗点儿就是她的"男朋友"，对此他并没有十分的把握，也许他根本没法儿完全信任她。他再三邀请母女俩到第五大道21号的家中做客，还说他可以给孩子教授一些台球的基本技巧，但女孩的母亲非常礼貌地谢绝了他的好意；他还邀请她们到麦斯的蒙纳德诺克作客消夏，他和克拉拉将会租下那里的一幢夏日别墅，结果她也婉言谢绝了，这让他很是郁闷。当然啦，其他客人也够年老体衰、心绪不宁的克莱门斯先生忙活一阵子的！——她们之中，有几位非常可爱的天使鱼——但他肯定会挂念小麦德琳的，想到这儿，他就气不打一处来。

最亲爱的天使鱼：

亲爱的，你非常确信妈妈不会同意七月份带你去蒙纳德诺克待上一个星期吗？你的火车旅费和其他一切花费都包在疼你的爷爷身上了，这样做他会觉得很开心。

小麦迪可以跟爷爷一同在山上漫游，用网子捕蝴蝶；你妈妈好像不属于喜欢"漫游"的那种类型，那她可以在俯瞰山丘的阳台上坐着休息，相信那样她就会心满意足的。

啊，亲爱的，千万跟她再说说这个事，要不然我会非常焦虑的。

爷爷送上他的爱和小吻斑（好多好多小吻斑呢！）。

塞·朗·克

第五大道 21 号

1906 年 6 月 26 日

亲爱的，最亲爱的麦迪：

亲爱的，你没有回信，这让我苦不堪言。我已决定把去蒙纳德诺克的日子推后一个星期，借口就是走之前必须完成哈珀出版公司的那篇约稿，我女儿克拉拉对此很是恼火。

我们上次在秘密花园的会面对我异常珍贵，虽然现在回想起来，感觉好像是很久以前的事了。最亲爱的麦德琳，回想一下：

没有什么秘密

会如此神圣无比

除非它在我们之间

自由地呼吸——

为一个永恒的期冀

你深情的爷爷塞·朗·克

第五大道 21 号

1906 年 6 月 29 日

最亲爱的天使鱼：

请你原谅！亲爱的麦迪，你慈爱的爷爷今天上午才想到，今天对你来说是个非常特别的日子：你的生日。所以我已让人把十四朵"乳白色"的玫瑰立即给你送去，每一朵代表你宝贵生命的每一年，还有一张写着祝语的贺卡：祝亲爱的麦迪生日快乐。

让爷爷心神不宁的是，他有好一阵子没看到最疼爱的孙女了。请明天下午四点一定到秘密花园，好吗？我保证会给你带更多的礼物。

可别伤我的心，亲爱的。这颗白发苍苍的老"烟鬼的心"，再也承受不起任何打击了。

我要用小斑点（亲吻！）把信口封上，然后很快寄出，如果运气好的话，我的生日女孩在生日结束前就会收到这封信。

你深情的爷爷塞·朗·克

第五大道21号

1906年6月30日

亲爱的小寿星孙女：

明天我们见面时（我由衷地期盼着！），我会带来海军上将克莱门斯的几种很特别的蛋糕，它们有着神奇的魔力：我心爱的天使鱼可以小口地吃，这样她就会永远年轻，永远如此的可爱，永远地属于我。她可以藏在爷爷的臂弯，但最好能像个可爱的小不点儿神不知鬼不觉地钻进爷爷那长着灰白汗毛的怕痒的腋窝。（我女儿苏西很小的时候，就曾假装藏在那里。）

　　这些天来，你慈爱的爷爷天天晚上都睡不好觉，生怕他最温柔的梦会再次化为泡影，怕他的空中楼阁会再次轰然倒塌！

你深情的爷爷塞·朗·克

第五大道 21 号

1906 年 6 月 30 日下午

　　我们每个人都很疯狂，只不过疯狂的方式各不相同。经过一番斟酌，克莱门斯先生决定去掉这句作为附言的警句，并立马把信寄出去。

　　两天后，克莱门斯先生在第五大道 21 号的马路边上截住了邮差，从他手里拿过几封信，其中一个奶油色的信封引起了他的兴趣，收信人是小女生笔迹写的"塞缪尔·克莱门斯先生"，信封上散发出一抹淡淡的怡人的芳香。"爸爸?"——克拉拉就站在他的身后，一脸责备地望着他。"你又穿着睡衣拖鞋跑到街上来了，头发乱糟糟的也没梳。真是的，爸爸!"

　　而克莱门斯先生此刻的注意力似乎完全集中在了别的事情上，克拉拉真不知道他是否认出了她。

　　一回到楼上自己的房间，克莱门斯先生便迫不及待地打开信封。他那老练的目光一下子跳到了末尾的署名上，深爱您的孙女麦迪，一阵欣慰涌上心头，然而信的内容却使他感到了惊骇惶恐。

　　最亲爱的克莱门斯爷爷：

　　　　您送了这么多漂亮的玫瑰花，您真是太好了。谢谢您，谢谢您，亲爱的爷爷！（我收到的其他礼物没有一件会让我如此开心。）我很抱歉没能和您在我们的秘密花园会面，也很遗憾妈妈谢绝了您的盛情邀请。（亲爱的克莱门斯先生，艾弗里家庭发生了一些不愉快的事情，这里我就不跟您多说了，免得您劳心费神。）最亲爱的爷爷，周五我会去我们的秘密花园，并急切地期盼着到时能见到您。我知道，爷爷的魔法蛋糕肯定会非常美味香甜！

　　　　只是，我已经十六岁了，亲爱的爷爷，而不是您一直认为的十四岁。我恐怕已经过了"小口啃咬"爷爷的魔法蛋糕的年纪。不过我觉得，十六岁也没什么不好。我将拥有更多的自由，连妈妈也不得不做出让步！

　　　　我必须很快地用很多小吻斑把信封上，因为妈妈此时正埋伏在我的房门外，您要知道，她对此非常嫉妒。（就像学校里的朋友非常嫉妒我那枚漂亮的天使鱼别针一样！因为我在她们面前夸耀说，是克莱门斯海军上将送给我的。）

　　　　亲爱的爷爷，我迫切希望能在周五见到您，但愿您能抽出时间。在这个世界上，只有亲爱的爷爷才是我心中最珍贵的人，只有您的看法才对我意义重大，至于我是不是一个"含苞待放的女诗人"，这并不重要，因为私底下我知道，我是那个爱您胜过爱整个世界的小女孩。

爱您的孙女麦迪

公园大道 1088 号

1906 年 7 月 3 日

惊愕之中，克莱门斯先生踉踉跄跄地来到桌旁，有那么一阵儿，他木然地坐在那儿，一脸茫然，神情恍惚，浑身好像麻痹了一般。接着，他笨拙地抓起一支笔，以非常潦草的笔迹在纸上匆匆涂抹起来。

亲爱的艾弗里小姐：

很遗憾，这周五不能跟你见面了。我女儿克拉拉坚持要我们立即出发到乡下去，她已经怒不可遏了。我们在这座城市逗留了太久，这里的暑热实在让人难以消受。

你忠诚的朋友

塞·朗·克

克莱门斯先生立即把信封上，然后拿出去邮寄，他生怕自己会忍不住把信打开并修改其中的内容。那天晚些时候，他把房间的门死死地关上，戒备心强的克拉拉也只能望洋兴叹，然后他的手沉稳地写了起来。

亲爱的麦德琳：

很高兴你觉得我送你的玫瑰花小礼物很漂亮，但我必须请你原谅，那束花比你期望的少了几支。亲爱的，在此向你道歉！不过我们彼此都明白，塞·朗·克早已是个不中用的老家伙了。

诚挚的

塞·朗·克

第五大道 21 号

1906 年 7 月 5 日

克莱门斯先生又匆忙把信封上，拄着拐杖一瘸一拐地走到第五大道去寄信。那是个极其痛苦的夜晚：他彻夜未眠，剧烈的咳嗽简直要了他的命，他一支接一支地抽着雪茄，一杯接一杯地灌下苏格兰威士忌。早晨的时候，他在一种极度亢奋的状态下写了起来。

亲爱的麦德琳·艾弗里：

十六岁！——知道吗，这可不行。你这个最狡诈的小女巫，对你的年龄讳莫如深……

很遗憾，我们不能再见面了。艾弗里太太警觉的神经现在可以放松下来了……

很可惜，我不能再品读你的诗了，亲爱的麦德琳——因为我的出版商希望我很快就能完成那部"了不起的"新作。

十六岁是个非常尴尬的年纪——不是吗？你既是个女学

生，又是位"年轻女士"——不久就会受到巫术的熏染。爷爷感到惋惜的是，他没能及时送去可以让你小口啃着吃的魔法小点心，所以老傻瓜不能再寄上最后一个小吻斑了，因为那已经不再适合你了——不是吗？

很久很久以前，在蛮荒的密苏里，山姆·克莱门斯也是十六岁，他却被迫走进了成年；如果运气好的话，一天可以工作至少十个小时。而现如今，在纽约公园大道浓厚的文明气息中，一个十六岁的年轻姑娘即将成为"未婚妻"——"新娘"——"妻子"——甚至"母亲"：老朽的海军上将对此无能为力。

亲爱的，如果你想戴着天使鱼别针，我希望你不要到处炫耀它的来源……

除非——魔法显灵，美梦成真——你能回到十四岁——十三岁！——因为你可爱的脸上溢满了如许的纯真，那样的话就没有什么可顾虑的了。

再见，晚安……

塞·朗·克

第五大道 21 号

1906 年 7 月 6 日

梦想就这样烟消云散。财富就这样付之东流。空中楼阁坍塌于地。只剩下我，失魂落魄，孤独凄惶。

啊，山姆·克莱门斯先生可是一位备受尊崇的人！他朋友众多，其中不少人非常富有。不过，克莱门斯先生最亲密的朋友是约翰先生，那是他几十年的老伙计了。1861 年，他们在内华达州卡森城闹哄哄的牌桌上初次相遇，大伙儿当时都喝得酩酊大醉。

约翰先生是第五大道 21 号的常客。约翰先生和克莱门斯先生一同到乡下旅行。约翰先生侧耳倾听着克莱门斯先生出现时爆发出的雷鸣般的掌声：掌声经久不息，人群欢呼沸腾，不时传来"棒极了！棒极了！"的喝彩声和口哨声。约翰先生却丝毫不为所动。约翰先生本质上是个很难取悦的人。事实上，约翰先生是个冷血的王八蛋。然而，约翰先生却是克莱门斯先生最心仪的慰藉。约翰先生舒舒服服地躺在克莱门斯先生外套内侧温暖的口袋里。约翰先生被克莱门斯先生的身体温暖着。约翰先生躺在克莱门斯先生的鹅毛枕头底下呼呼大睡。夜里，克莱门斯先生惊醒了，打着寒战，浑身僵冷，他的体温已被约翰先生身上的寒气消耗殆尽。

克莱门斯先生站在金丝镶边的镜子面前，枪口对着右边的太阳穴，而约翰先生在他的右手颤抖个不停。

约翰先生？

怎么啦，克莱门斯先生？

你"准备停当"了吗，约翰先生？

我想是的，克莱门斯先生。

你不会是害怕了吧，约翰先生？

先生，只要您不害怕，我就不害怕。

那就一言为定了，约翰先生？

哦，不，先生。我可没向您保证什么。

什么？为什么不呢？你难道不是我的约翰先生吗？

我当然是啦，克莱门斯先生。正因为这样，您才不能相信我。

克莱门斯先生死后，克拉拉将会在他卧室上锁的壁柜里发现约翰先生，六颗子弹一颗不少。

我还活着——是吗？这就是活着吗？

克莱门斯先生躲到了蒙纳德诺克，在那里，他决心用写作来填补心中那个空洞。

在蒙纳德诺克，极度的躁狂和满腔的怨怒使克莱门斯先生又重新拾起关于维也纳绅士-撒旦的那个夸张的寓言故事。约翰先生虽是他的安慰，但那个冷血的王八蛋一点儿也不可靠。怀着狂热的憎恨，他终于写就了那篇慷慨激昂的檄文：《论美国私刑》，然而在他的有生之年，却没有一家杂志肯发表这篇文章。一些关于《新哈克贝利·费恩历险记》的凌乱不堪的思绪，把他折腾得身心俱疲，也把照顾他的人弄得精疲力竭，因为家里的人必须踮起脚尖走路以免影响到他。"这当然会成为一部该死的畅销书。毫无疑问，写作的时机已经成熟。"然而，真正写起来时，从他那支游荡不羁、如梦似幻的笔下冒出来的却是这番景象：六十岁的哈克从谁也没有听说过的地方回来了——而且疯疯癫癫的。他觉得自己又是个小孩子了，他在大家脸上好一番查看，试图找出汤姆、佩吉等人。终于，浪迹天涯的汤姆也回来了，也是六十岁，他找到哈克，于是两人谈起昔日的情景。而如今，他们老无所依，孤独凄惶，生活又是一连串的不如意，曾经美好的一切都埋进了坟墓。最后他们一同死去。

"哦，爸爸！你那个公园大道的笔友简直就是穷追不舍嘛，你一定很受用吧。"

克莱门斯先生殷勤的女儿克拉拉站在那儿，手里握着一块蕾丝手帕，看起来就好像被狠狠地撕扯过似的。

亲爱的克拉拉眼中含着愤怒，自鸣得意地笑了起来。蒙纳德诺克山上风景如画，克莱门斯先生的乡间别墅零散地点缀其中。在这里，他确保自己身边时刻聚集着一群谈笑风生的客人，这其中就包括赫什费尔德一家、华莱士一家，还有精明的蒲柏太太和她女儿莫莉。收到从第五大道21号转来的邮件时，这位上了年纪的老先生心情异常平静，仿佛它们来自另一个已被遗忘的世界。乳白色的信封散发着淡淡的清香，收信人的名字是一个热切的女学生的笔迹写成的塞缪尔·克莱门斯先生（收）。老人一大把年纪，无心再搭理克拉拉的冷嘲热讽，他不动声色地拿走早晨送来的成沓的邮件，其中包括那些乳白色的信封，然后回到自己卧室的私人空间，把信打开，仔细地看了起来。此时，克拉拉可不敢越雷池一步，至少克莱门斯先生在里面的时候不敢。

"'穷追不舍'——是的！就像吸血鬼对颈动脉的狂热。"

亲爱的克莱门斯先生：

我知道自己冒犯了您，您那封信虽然没有写日期，但我猜应该写于7月5日。这封信来得太突然，我都懵了——我把信看了又看，泪水模糊了双眼——如果您不高兴的话——我就不戴那枚漂亮的天使鱼胸针——如果您想收回它——我会原物奉还……

妈妈可能要带我去泽西海滩——妈妈的娘家住在湾头——可我今年不想去……

我希望——亲爱的克莱门斯先生——我可以"让时光倒流"——也许那样您就不会生我的气了。

我还可以寄上爱和小吻斑吗？我太孤单了，我是那个爱着克莱门斯先生的小女孩——我还能是谁呢？

您忠诚的朋友

麦德琳·艾弗里

1906年7月7日

最亲爱的克莱门斯先生：

我刚刚收到您7月6日的来信——一想到我们之间的误会，我就不寒而栗——克莱门斯先生，我并没有觉得您送的那捧可爱的玫瑰花比预想的"少了几支"，我只是想告诉您我不是十四岁，而是十六岁。亲爱的爷爷，我真是无心的！

但愿您能原谅我？我不明白自己究竟做错了什么。我知道自己很蠢。学校里的老师夸我作业做得好的时候，我的脑袋里就会传出一个嗡嗡的声音：哦，但是你很蠢，你很丑。似乎老师有意在讽刺我，别的女孩子都看得出来。近来，妈妈总在训我，似乎什么事情我都做不好。妈妈说我"笨手笨脚"——说我总是"闯祸"。倘若亲爱的海军上将克莱门斯真生我的气了，或是在嘲笑我，我会心碎，万念俱灰，像圣女贞德一样，我会欣然接受任何加之于我的伤害。

您忠诚的朋友

麦德琳·艾弗里

公园大道 1088 号

1906 年 7 月 8 日

亲爱的，最亲爱的克莱门斯爷爷：

　　我把您的信反复看了好多遍，似乎觉得您之所以生我的气，是因为我已经十六岁了。克莱门斯先生，请不要收回您的爱，您是如此善良的一个人，是我最亲爱的"爷爷"，您是不会伤我的心的，对吗？我可以把爱和小吻斑寄给您吗？海军上将爷爷故意在开玩笑逗我，对不对？当我从伤心的睡梦中醒来时，请让这一切变成现实吧。

您忠诚的朋友

麦德琳·艾弗里

公园大道 1088 号

1906 年 7 月 11 日

亲爱的克莱门斯先生:

我想您现在一定在乡下——"蒙纳德诺克"——我没去过那里——您曾好心地邀请我和妈妈去那里——而我们却去不了。哦，亲爱的海军上将克莱门斯，我多么希望自己此刻就在那里！如果能再次看到您慈祥的脸庞，听到您的声音，那该有多好！——亲爱的爷爷，我在这里非常孤独。

亲爱的爷爷，你说过要教我打台球——您都忘了吗？

但愿我知道您为什么生我的气。我原以为十六岁是个充满希望的年龄，我可以拥有更多的自由，甚至连妈妈也要让步。克莱门斯先生，您送书给我并鼓励我写诗，似乎对我抱有很大的期望，两年后我将会上大学，成为一个"年轻的女士"——我怎么也想不到那竟是一件羞耻的事。

但愿不久就能收到您的回复，我真的很伤心，因为我是那个爱您的小女孩。

您忠诚的朋友

麦德琳·艾弗里

公园大道 1088 号

1906 年 7 月 15 日

最亲爱的克莱门斯先生:

在外公外婆消夏的住处，我没收到任何来信，我最担心的就是，您压根儿就没给我写信，您还在生我的气。我只想告诉您，在 7 月 6 日的信中，您说得一点儿都没错，十六岁是个"尴尬的"年纪,一个非常不快乐的年纪,这封信我会珍藏一辈子。虽然我并未清醒地意识到"巫术"即将向我袭来,但其他无法预料的事情定会发生。我已到了这个年纪,这让我羞愧难当,无地自容,但我也无可奈何。很多个夜晚我都哭着入眠,我感到自己的心伤痕累累,疼痛难忍,就像刀割一般。最亲爱的"爷爷",我向您保证,我绝不会成为一个"未婚妻"——"新娘"——"母亲"。永远都不会!

我多么渴望六月里能在秘密花园和您见上一面,但那会儿我们家乱作了一团,就像现在这样。

我把那枚漂亮的天使鱼别针放在枕头底下,吻着它就会想到亲切和蔼的您,想到您那会儿多么爱我。最近,我一直在看《傻瓜威尔逊》,他用一种奇特而揶揄的音调在我头脑中说道:"我们终有一死,这么多残酷。"——从求生不得、求死不能的人口中听到这句牢骚,实在令人匪夷所思。

但愿您不久就会给我写信,夏天过后,我们就可以在秘密花园再次相见了,我就是那个爱您的小女孩。

"麦迪"

新泽西湾头海洋风景路 223 号

1906 年 7 月 23 日

最亲爱的克莱门斯先生:

请原谅,这页纸沾满了泪水和海沫。我在属于自己的秘密花园给您写信，这里没有旁人。这儿的沙子粗大坚硬，突兀的岩石丑陋不堪，加上长途跋涉才能到达，因此无人问津，只有我孤独一人。您曾经对我说，您最亲爱的朋友是傻瓜威尔逊，亲爱的克莱门斯先生，这真让人难以理解，它只不过是个机器啊。

为什么我们对出生欢呼雀跃，而对死亡痛哭哀伤？因为我们是旁观者，并非当事人。

想到您，我亲爱的"最年长的"笔友，我知道我是那个爱您的小女孩。

"麦迪"

新泽西湾头海洋风景路223号

1906年7月27日

亲爱的克莱门斯"爷爷"：

昨晚的梦中，您对我说话了，您的声音我听得一清二楚！——然而我却看不清您的脸，梦里一片混沌。"亲爱的麦迪，我病了。我在这儿等你。"您就是这么对我说的，我一激动就醒了，浑身都在颤抖！哦，如果蒙纳德诺克就在附近该有多好——我会步行前去看望我最年迈最亲爱的朋友——我会把这里最美的野蔷薇和苇草带给您，相信您一定会喜欢的，因为您不止一次说过，您痴迷一切美的东西。

爱无法用眼捕捉

爱因此无法分割

爱在时光中穿行

爱却超越了时空

爱在你我之间流淌

为一个永恒的梦想

　　我保证不会再吃任何东西，亲爱的爷爷！这样我就不会再长了。我非常厌恶自己，看镜子简直就是一种恐惧。不过我会小口啃那些神奇的蛋糕，像爱丽丝那样变小，然后像个小可爱悄无声息地钻进爷爷的腋窝，因为我是那个爱您的小女孩呵，请您原谅我好吗？

"麦迪"

新泽西湾头海洋风景路 223 号

1906 年 8 月 1 日

最亲爱的克莱门斯先生：

　　我一直期盼着您的来信，等了这么久，却还是没有任何回音。有件事说起来就让人抬不起头，就是妈妈不想让人知道爸爸现在不和我们一块儿住了。那次和您在广场酒店我非常开心，却遭到了妈妈的呵斥，她怪我太容易激动了。那是一段让人忧心的日子，因为父亲刚刚离开了我们，后来又听说父亲要回来了。妈妈总是这么说，但几个星期过去了，几个月过去了，家里没有一个人（我一个人孤独地待在湾头）告诉我他的情况。我明白这是件丢人的事。有时候，我好像在海边远远地看到了父亲，他正和陌生人在一起，但那根本不是父亲。有时候，我看到的是您，亲爱的克莱门斯先生。但那根本不是父亲，也绝不是您。

我依然渴望得到您的谅解。妈妈说，作为一个大家公认的"聪慧的"学生，我简直幼稚之极。背着她，我不知哭了多少次，我最伤心的泪水不会让她看到。

为我亲爱的"海军上将爷爷"寄上爱和小吻斑，来自永远爱您的小女孩——

"麦迪"

海洋风景路 223 号

1906 年 8 月 19 日

亲爱的塞缪尔·克莱门斯先生：

请原谅我给您写这封信！我已经走投无路了。

但愿以前那些愉快的日子能让您记得我，我是穆里尔·艾弗里，麦德琳的母亲。您曾非常真诚地邀请我和女儿去看《天鹅湖》，之后我们在广场酒店用茶点，还有商业中心剧院那场令人难忘的"今宵与马克·吐温共度"的演出。

亲爱的克莱门斯先生，如果您知道了我女儿过去几个星期的情况，相信您一定很担心。她整日闷闷不乐，心烦意乱，并拒绝吃东西，因此现在瘦得吓人，就像一具有点活气的骷髅。我扶她上床休息时，透过衣服摸到了她身上一根根突出的骨头，实在令人揪心。她面无血色，手腕就跟麻雀的爪子一样细瘦脆弱。我什么办法都试过了，但要逼着她吃点儿东西实在太难了。如果你对她发火，她转过脸去冲着墙，好像要去寻死一样。麦德琳是个孤独、腼腆的孩子，他父亲的事让她感到茫然无措（他不顾一切体面廉耻离开了家，而且正准备着离婚）。我们冒着酷暑回到这座城市，为的是麦德琳能得到住院治疗。我担心她的状况会急剧恶化。克莱门斯先生，她跟我说您不给她写信了，这令我忧心如焚。在海边的时候，麦德琳会沿着海滩走上好几英里，我们常常不知道她去了哪里，担心她会迎着海浪走向大海把自己淹死。她瘦得只剩下皮包骨头，您肯定认不出她了。我不是在乞求您，克莱门斯先生，而是恳请您能发发善心，像以前那样给这孩子写一封短信，给她解释说您没有"生她的气"，没有"讨厌"她——因为麦德琳坚持认为事实就是这样。您说过您也有女儿，所以您知道处在麦德琳这个年纪，女孩子们会有多么情绪化。如果您能为麦德琳做点什么，即便是最些微的事情，都将大有裨益。

　　为了挽救女儿的生命，我给一位名人写了这样一封信，请您不要生我的气。我知道我写得很不好。麦德琳说现在她梦到您的时候，您总是扭头背对着她，她的五脏都碎了！克莱门斯先生，请告诉这个极其崇拜您的可怜的孩子您并不讨厌她。

为您的仁慈之心提前向您表示感谢。我是——

您诚挚的

穆里尔·艾弗里（夫人）

公园大道 1088 号

1906 年 8 月 24 日

亲爱的塞缪尔·克莱门斯先生：

已经过去好多天了，我女儿的生命已危在旦夕，您却依然没有写信关注此事。

克莱门斯先生，您还不知道吧，昨晚麦德琳被送进了位于莱克星顿大街的格蕾丝主教医院。她的体重急剧下降，医生说她看上去更像个十一岁的小女孩，而不是个十六岁的大姑娘。她一言不发，神情沮丧，看上去对自己的死活一点儿都不在乎，对待家人也异常冷漠。医生警告说，如果她再拒绝进食，哪怕是水之类的液体，她的心脏功能就会衰竭，很快肾脏也会出现"休克"。唉，我已经祈求过上帝了，全家人以及牧师都为她祈祷过了，她的父亲也赶来看她，但麦德琳闭着眼睛不看他，她一个字都不想听。

亲爱的克莱门斯先生，我还在想，一封信或是一张卡片，或是一次探望（但我不会对此抱有幻想！）也许会在麦德琳身上产生奇迹。如果您真心疼这孩子，亲爱的克莱门斯先生，我将万分感激。

为您的仁慈之心提前向您表示感谢，我是——

您诚挚的

穆里尔·艾弗里（夫人）

公园大道 1088 号

1906 年 8 月 28 日

亲爱的塞缪尔·克莱门斯先生：

克莱门斯先生，我发现了一堆您写给麦德琳的信，她把信藏在了自己的房间。这实在让人惶恐不安。诸如此类的"爷爷"——"天使鱼"——"秘密花园"——"爱"——我一下子全明白了，是可忍，孰不可忍？在医院里，麦德琳对此只字不提，我们也不想让她担惊受怕。克莱门斯先生，除非我收到您的邮件回复，否则我将会把这些信件交给我的律师，我们想看看，是否可以据此进行起诉。

您诚挚的

穆里尔·艾弗里（夫人）

公园大道 1088 号

1906 年 8 月 30 日

我以如此的坦诚讲出这些毫无意义的事情，因为我是一个从坟墓里发出声音的死人，我确信我们到死也不可能成为完全意义上的真正的自己。然而醒来后，他却发现自己气喘吁吁、跌跌撞撞地走在蒙纳德诺克湿地高高的草丛中，女孩子们早跑到前面去了，天使鱼们正带领她们的海军上将进行着一场让人眼花缭乱的捕蛾大战呢。月光下，每个女孩子手里都拿着捕蝶的网子和用氯仿（克莱门斯先生的医生给了他一小瓶氯仿，这种死法再温和不过了）浸泡过的手帕，啊！那抹甜甜的芳香不禁让人感到头晕目眩，却又不可思议地让人觉得兴奋惬意。克莱门斯先生在那群心急火燎的女孩子背后大喊着等等我，请等等我吧，孩子们一定藏起来了，不是吗？——听，那是她们的笑声吗？克莱门斯先生！爷爷！尖利而残酷的叫喊像把刀子刺进了他瘦骨嶙峋的胸膛，笑声像正在碎裂的玻璃噼里啪啦地响落着；头顶的月亮迸射出道道愤怒的光芒，那只硕大无比的白色的眼睛一眨也不眨，冷酷地评判着宇宙万物。克莱门斯先生深一脚浅一脚地走着，突然（痛风的）膝盖滑倒在地，会不会是某个迷人的天使鱼在故意捉弄他？——并预先抢走了他的拐杖？——一个用蝴蝶网子狠狠地拍打他的肩膀和垂下的头以折磨他，而另一个——是那个诡计多端的小巫女莫莉·蒲柏吗？——她正用飘散着氯仿的手帕抽打他的脸。夏末漫长的白昼终于结束了，天使鱼们好不容易才盼来了黄昏。白天那些幼稚的游戏，比如红心大战、猜字谜和跳棋等她们早都玩腻了，唯有月光下的一场捕蛾大战才会使她们惬意欣然。她们挥动小小的网子疯狂地漫天扑杀，蛾子纷纷落入网中；她们迅速将猎物"催眠"，然后扔进一只口袋，接着又奔向草丛。她们兴奋地大呼小叫，由着性子肆意地玩闹着，克拉拉对此表示强烈的不满，却不敢尾随在她们身后，克莱门斯先生也不敢"勒住缰绳"，生怕惹毛了这群天使鱼。可怜的克莱门斯先生，一身洁白的行头被草色染得斑斑点点，好比一只受伤的巨大的飞蛾，老人一时间六神无主，惊惶未定。他雪白的头发乱糟糟地翘了起来，活脱一副鬼怪的模样，难怪孩子们会冲着步履蹒跚的海军上将惊声尖笑起来。他既追不上她们，也无法及时躲开她们出其不意的戳戳打打，而下手最狠的要数——会是那个不苟言笑的可爱的小海伦娜·沃蕾丝吗？——她被月光幻变成了一个魔鬼，腿像寒光凛凛的弯刀，眼睛像阴燃的煤块儿。克莱——门斯先生！爷——爷！快来呀！她们仍在戏弄、折磨他。此次捕蛾大战中，老人输得很惨。最漂亮的是一种闪着银白色荧光的蛾子，周身遍布着黑色的条纹，翅膀像鳞片那样精致地交叠在一起。他笨拙地朝这种最美丽的蛾子挥动网子，结果扑了空。这漫长的一天中，他被一些不安的思绪和一连串电话搅得心烦意乱。这些可恶的电话是克莱门斯先生在曼哈顿的律师打来的，他有件十万火急的事情必须征求他的意见，这可让克莱门斯先生伤透了脑筋。这件事绝不能让克拉拉知道（除非万不得已），因为这件事情非常棘手，而且牵扯到绝对的个人隐私，这件丑闻一旦被报纸抖搂出来，那麻烦可就大了。克莱门斯先生是位享有盛誉的最正派的绅士，在这个鱼龙混杂的时代他成为纯洁的化身，没看到公开场合他从来只穿醒目的白色嘛。作为唯一健在的心灵和动机都同样纯洁善良的美国人，他完全配穿一身洁净无瑕的白色，所以绝不能容许一个阴险歹毒、妄图敲诈勒索的女人败坏克莱门斯先生的声望。克莱门斯先生的律师会处理好一切事情。他将在私底下支付她一笔现金，但对方必须保证对外绝不透漏半个字，并签署具有法律效力的协议；他将全额承担一位年轻女士的住院费和医药费，或许还会安排她在北边一所疗养院里住上一段时间，克莱门斯先生那苦难的残疾女儿简碰巧就在那里住过。唉，这一天！麻烦不断的一天！这一天，海军上将感觉自己是如此的脆弱无助，不堪一击，他多么渴望爱抚的亲吻！然而天使鱼们坐在他的膝上，有的长得粗壮结实，双腿出奇的长；有的面露欣狂之色，肆无忌惮地玩着诡计，一刻也不消停。她们欺负他年老体衰，背着他相互之间挤眉弄眼地耍着诡计，玩红心大战和跳棋时她们就弄虚作假，甚至连克莱门斯先生视为神圣的台球也不能幸免。那个狡猾的小女巫莫莉·蒲柏已经从他手上赢去了五百个铜板，他勉强挤出一个笑容，好像这点损失对他根本算不上什么，好像他既不懊恼，也不伤心。他也被那个喜怒无常的维奥莱特·布兰肯什普的行为刺伤了，因为她竟当着他的面狂笑不止，那对年轻松软的乳房把汗水沾湿的水手衫绷得紧紧的，还有那双眼睛！——维奥莱特的眼睛！——就像一只巨大的猫的眼睛那样惊魂未定。此刻，他深一脚浅一脚地走在凉亭后面那片潮湿的草丛中，那里的草像板钉一样又尖又长，他的脚又疼又肿，突然心口一阵刀扎般的剧痛使他不由得大口喘息起来，究竟是谁拿走了爷爷的拐杖？——没有拐杖，爷爷一步也走不了，可怜的老人被逼无奈，只好在地上爬行。远远地在亮灯的房子那头，克拉拉用乞求的声音喊着：*爸爸，回来吧！爸爸，这一切简直太荒唐了！爸爸，你会弄伤自己的！爸爸，你必须把这些女孩子送回家去！你必须把你的客人们送回家去！这全是为了你好，爸爸！哦，爸爸，难道我们有彼此还不够吗？我是你的女儿呀，爸爸！* 正在这时，女孩子们呼啦一下子从高高的草丛中蹿了出来，怒气冲冲地将他团团围住，她们就像一群恶魔般的鹌鹑，开始用蝴蝶网子朝他又戳又打，还用飘散着氯仿的手帕狠抽他的鼻子，她们的笑声如此肆无忌惮，她们的嘲弄如此残酷无情，克莱门斯爷爷身子一歪，眼看就要跌倒，于是慌忙伸出手臂试图保持身体的平衡，费了好一番力气才使自己重新站稳。他顾不得腿部的疼痛，朝天使鱼们张开双臂，渴望把她们拥在怀里，他的心脏在胸膛里猛烈地蹦跳着，借此他知道：我还活着——不是吗？——还活着？——活着就是这样的吗？

文学大师在圣巴塞罗缪医院，1914—1916

一

这是他人生中将要面临的一场重大考验。

他会记得：清晨乘出租车赶到圣巴塞罗缪医院，忐忑不安地踏上宽宽的石阶，心头一片混乱茫然。虽然时间还早，大厅里却已人头攒动，拥挤不堪，这着实让他吃了一惊。无论医务人员，穿制服的军人，还是像他一样的平头老百姓，都一副惊慌失措的神情。——"劳驾！您能给指个路吗?"——但他的绅士风度太过谦和，他文雅的声音饱含着迟疑，以致谁也没有注意到他。医院的工作人员都没瞥他一眼就打旁边过去了。圣巴塞罗缪医院是伦敦的一所大医院，国难当头，空气中骚动着的那股紧张危急的气氛，对这个离群索居的老人俨然是一种谴责。此刻，他那双深邃的大眼睛闪动着一副茫然不解的神色，就像近些年来常遇到的那种情形，他不无沮丧地发现自己竟是人群中年纪最大的一个。周围的人都身穿制服，要么是医院的工作服，要么是军装，只有他是个例外。尽管他很清楚这大不可能，然而一种幼稚的虚荣心却暗自作祟，冥冥中他希望有人此刻就在大厅里恭候他，就是那个热心肠的志愿者委员会女主席，或许他连自己的名字都告诉过她。然而放眼望去，却看不到一个长得像她的女人，也看不到一个跟亨利·詹姆斯相像的人。他一下子懵了，心里不由得慌乱起来。他看到大厅呈椭圆形，一道道走廊像车轮上的辐条通向四面八方。大厅墙上贴着方向标记，他眼力不济，必须凑近了才能看清楚。大理石铺成的地板一定曾经非常惹人注目，而今却污迹斑斑，已经磨损得不成样子了。顶上高悬的拱形天花板给大厅增添了一种教堂般的神圣庄严的气韵。头顶正上方则是一个巨大的圆顶，透射出阴郁黯淡的亮光，几只小鸟雀躲在里面，叽叽喳喳地叫个不停。可怜的小家伙，竟被困在了这种地方！

　　这时，他突然瞥见人群中不断有人向一名护工打听着什么，接二连三的问询让后者寸步难行、懊恼不堪。老人走上前去，壮着胆子扯了扯他的衣袖，问他救助伤员的志愿者该去哪里报到，而护工一声不吭地从他身边走了过去，似乎压根儿就没听见他说话。他又向一个忙得焦头烂额的年轻护士打听在哪里可以找到护士长爱德华兹，而那位姑娘小声嘀咕了句什么就走过去了，他几乎什么也没听到。无论是医务人员、医院雇工，还是穿制服的军人，竟没有一个人尊称他一声"先生"，他痛感到了一种侮辱。他被焦躁不安的陌生人群挤得东倒西歪，却没有一个人道声抱歉。看样子，医院新到了一批亟需紧急救治的伤员，他们刚被从被围攻的法国前线用船运回伦敦。会不会有一股——血腥味儿？身体的味道？极度的痛苦？此刻，医院的另一头正在上演的该是何等惨烈的一幕？亨利很担心自己会突然晕倒，对于一个沉迷于自我内心世界的人来说，这些场景显得如此遥远而陌生。出于对他的成熟作品所展现出的那种精致细腻的艺术风格的喜爱，人们尊称他为"大师"，这或许是一种嘲讽也说不定。在他看来，这种艺术聚焦人类心灵拜占庭式的错综复杂，痛斥各种形式的直接明了，即一切不事雕琢、简单粗糙的笔调。此刻，大厅里一片混乱嘈杂，他有些喘不上气来。自少年时代起，他就非常害怕噪声，就好像得了一种恐惧症，生怕自己的思想会被噪声吞噬，而灵魂也会因此而窒息。我们的灵魂飞溅着思想的火花，而纯粹的噪声却毫无意义。他感到胸部有种压迫感，是那种心绞痛发作前的隐痛，他却决意不予理睬。他严厉地告诫自己：你绝不能倒下！你来这儿是有目的的。

"先生！"

他的衣袖好像被人很不耐烦地扯了一下。原来是一位女士正在对他说话，周围一片喧嚣，他竟一点儿也没听见。她是一个漂亮的中年妇女，穿一身类似护士制服的灰色哗叽长裙，不过她没戴硬邦邦的白色护士帽，也没穿那种橡胶底的鞋子。她问亨利来这儿是不是要当一名"伤员病房"的志愿者，他连忙说是，于是就跟她沿着一条走廊往前走。"您竟然找到了我，真不知道该说些什么才好！我觉得非常……"这场期盼已久的冒险即将成为现实，这令他激动不已，心跳加快；走廊里消毒剂的味道越来越浓，他敏感的鼻孔被刺激得一阵抽搐，可他已经顾不了那么多了。那个穿灰色哗叽裙的女人走得很快，他非常吃力地跟在后面，她似乎想当然地认为他完全有能力跟上她迅疾的步伐；但很显然，他可不是小年轻了，他得靠拐棍支撑那条吃力的左腿。痛风和水肿使他的两条腿吃尽了苦头；他身高体胖，走路带着十分的谨慎，就像矮胖的人会担心突然从马上摔下来一样。

"请在这儿稍等片刻，先生。护士长一会儿就到。谢谢您！"

这个等候室给了亨利的虚荣心狠狠的一击：一间临时搭起来的小屋子，只有一扇污秽不堪的窗户朝外面的天井开着，里面大概有十多个志愿者——姐妹志愿者，全都是女性——个个都在焦急地等候着。这里跟克兰萧夫人那间位于贝尔格莱维亚的豪华会客厅相比，简直是天壤之别。在那里，大师和众人一道满怀豪情地加入了平民志愿者救护队，而此时此地，在克兰萧夫人家聚集过的那帮人却没了踪影，但他还是挺直了腰板，打起了精神，准备应对这样的搭讪：您是——詹姆斯先生吗？荣幸至极！我是您的一位忠实崇拜者——这在以往是不可避免的，而此刻却似乎没有一个人认出他来，他既感到如释重负，又不免有点怅然若失。他彬彬有礼地向女士们致意问好，不过并没有对哪一位表现出特别的关注。几乎在一瞬间他便意识到，这些女士都来自上等阶层，从名望上讲，亨利·詹姆斯至少不比她们差；然而从她们过分讲究的穿着以及奢华的钻戒来看，他明白她们肯定比他有钱。等候室里所有的直背椅上都坐满了人，当一位年轻的女士站起来给他让座时，亨利连忙向她道谢，并小声说不必客气。

大师心头顿生一股无名之火，脸上的肌肉不由得抽搐起来。就好像在七十一岁这个年纪，他已经老朽不堪了！他倚着拐杖，有意站在门口非常显眼的位置。

走廊里，医院的工作人员有的正用担架把病人往里面抬，这些伤员不是奄奄一息，就是昏迷不醒；有的用轮椅或轮床推着病人，这个骇人的队伍浩浩荡荡奔你而来，使你的怜悯和恐惧在一瞬间同时攀升，你无法回避，只能目瞪口呆地僵在那里。在医院里，随处可见一些年轻人，他们在护士的陪同下拄着拐杖一瘸一拐地走过。有的还穿着浑身沾满血迹的制服，而有的制服已经破烂不堪了；有的头部、躯干和四肢都缠着绷带，殷红的血从里面渗了出来；有的四肢残缺不全，只留下空荡荡的袖子和裤管。亨利转过身子，紧闭双眼。这就是战争啊！这就是战争的恶果！他曾一度非常崇拜拿破仑——军事胜利的荣耀，是的，这就是暴行；现在回想起来，这恰恰是他本应感到羞耻的原因。因为我很软弱。软弱的人就该臣服于暴君。软弱的人惧怕肉体的疼痛，他们的处世之道就是回避痛苦。他突然感到一阵绞心的痛，就像遭到了一个小学生的奚落嘲讽。

　　他的心绞痛经常发作。他的身体状况并不好：血压高，体重超重，容易气喘。在他外套内侧的口袋里，装着一包救命的硝酸甘油片，一旦疼痛剧烈发作起来，他就赶紧吞下一片救命。

　　亨利明智地从门口退了回来。有人不知从什么地方给他弄来一只粗糙的脚凳，他感激地欣然接受；他可不愿从那些女士的眼中看到那种隐隐的对老年人的关切之情。他握紧拐杖，艰难地在小凳子上坐了下来。一时间，他几乎想不起自己为什么会待在这个局促狭小的地方；想不起他和这些陌生的女士究竟在等什么人。她们焦急不安地相互窃窃私语，亨利则在一旁默不作声。她们抱怨医院的人对她们招待不周，并对有关德国人攻势的最新消息唏嘘不已。还有就是，德意志帝国军队又在比利时制造了疯狂的暴行，人们普遍担心德国接下来会入侵英国。报纸上连篇累牍地报道着这样一个事实，在新世纪的这场罪恶的战争中，数以万计的平民百姓惨遭恶意杀害。那天上午，亨利没等看完《泰晤士报》，就不得不把报纸放在一旁开始用早餐；不多一会儿，他就觉得浑身乏力，连早餐也没能吃完。自八月下旬战争爆发以来，将近五个星期过去了，他迷上了六种报纸，那些骇人听闻的消息令他既胆战心惊又欲罢不能。他早把自己那些精雕细琢的文学作品束之高阁，眼下报纸上的那些头号大标题和令人毛骨悚然的照片深深地撼动了他。在此之前，英国的报纸杂志从未刊登过如此骇人的照片；有些战地境况被描画得栩栩如生，让人如临其境，还有对英国军官和士兵的英勇行为以及惨烈的伤亡情况的报道。这些内容使得报纸上那些对政治形势进行理性分析的评论文章黯然失色。他的神经感到刺痛，他也受了伤。他睡眠很不好，时睡时醒。从战争这个新的视角来看，"大师"迟迟不愿面对一个现实，即他曾经所有的努力或许只能被看作是人类文明的优雅绽放，不过长久以来，这种文明早已从内部开始腐烂，而眼下正面临着毁灭的危险。他心想我这把老骨头已经不中用了，可他却报名去当医院的志愿者。他仗义疏财，把钱分别捐给一位富有的美国女性朋友创立的比利时难民救济基金会、国际红十字会，以及美国志愿者机动救护团体。自从一个贪婪成性的德国侵略者发动这场罪恶的战争以来，亨利就马不停蹄地忙着捐款，以致后来都没钱可捐了；况且他在1913年的收入跟1912年以及之前那些年差不多，很少会超过一千英镑。

广大的普通读者对他的作品不屑一顾，拒不接受，而令人啼笑皆非的是，文学界却将他奉为大师！这个铁的事实令他心痛不已，于是他决意要对事实背后的玄机一探究竟。

"各位女士，请跟我到第六病房来。"一个管事的护士冷不丁出现在门口，并朝他们喊了一声。这个人看上去约莫四十五岁，身材相当臃肿，脸颊涨得通红，她就是护士长爱德华兹。当看到等候室里还有一位男士时，她用一种气恼而非歉疚的语气补充道："还有你，先生。现在就走。"

亨利又一次被刺伤了。在一位女士的搀扶下，他才得以从小凳上站起身来，这让他觉得异常难堪，那张宽大严肃的脸顿时变得阴郁晦暗。

护士长爱德华兹二话没说就带领志愿者们穿过惨不忍睹的走廊，至于后面的人能否跟得上她的脚步，她并不十分在意。这位护士长体格健壮，走起路来有种军人气魄。她上身穿一件硬邦邦的白色外套，腰上系一条白色围裙，下身海军蓝的裙子几乎盖住了脚踝，脚上穿一双白色的橡胶底鞋子，头戴一顶硬邦邦的白帽子，灰色的头发在脑后紧紧地盘成一个发髻。她态度蛮横，举止粗暴，毫无亲切随和可言，完全不像她那个阶层的女性在比她们更尊贵的人面前应有的举止，原因是爱德华兹护士似乎并不觉得这些志愿者要比自己尊贵多少，这实在让人难以接受。亨利跟在蜿蜒蛇行的队伍后面，这种公然藐视礼节的行为把他弄得心烦意乱，对他第一天开始的志愿者工作来说，这可不是什么好兆头。医院的拥挤程度令他感到震惊，还有那股味道！——他可不想知道那种味道究竟是怎么回事。

然而，更令人惊愕的是，在这股熏人的臭气当中，工作人员竟推着装满盘子的餐车走了过来，上面散发出腊肉、食用油和烘烤甜点的混合味道。

乍一看，第六病房简直就是一个闹哄哄的蜂窝：一片像大厅一样开阔的空间，密密麻麻地塞满了狭小的病床，床铺挨挨挤挤地排在一起，很难想象医护人员如何在其间自如走动。志愿者们被告知，他们目前至少要做的一件事就是去"安慰"那些有交流能力的病号，并"和他们谈心"。那些会说法语的志愿者被敦促去找讲法语的比利时伤员交谈。志愿者不应提出任何治疗方案或建议，只能完全遵从医生的安排。他们不能流露出惊慌、恐惧、怜悯或厌恶的神情，因为他们的任务就是安抚伤员。这些志愿者身着平民服饰，与周遭的环境很不协调。年迈的绅士志愿者倚着拐杖站在队伍后面，即使拼命压制着想要呕吐的感觉，那宽大、庄严的头颅依然像雕塑一般高昂着。第六病房的味道实在难闻，简直令人胆战心惊：有动物身上的腥臊味儿、排泄物的味儿，还有一股类似尸体腐烂的刺鼻的恶臭——这就是坏疽吗？他们要将亨利带往何处？真像做了一场荒唐可笑的梦，他怎么就从克兰萧女士豪华的客厅一脚踩进了这个地狱般的地方？

一个小伙子一动不动地躺在一张污浊不堪的小床上。他看上去还不到十八岁，头上缠着纱布，眼部就像木乃伊似的裹得严严实实，真不知道底下还有没有眼睛。在嘴巴或是下巴的位置开着一个血津津的小口，一个护士正费力地把一根管子插进去，以便这个伤员能够进食。亨利大惊失色，赶紧把头转向一边。在他胳膊肘边的一张床上，另一个年轻人正撕心裂肺地喊叫着，他看上去正在发烧，面部也有些浮肿，右腿已经没有了。四周全是一片疼痛、恐惧的哭喊声和呻吟声，一双双眼睛流露出极度惊恐的神情。亨利跌跌撞撞地跟着往里走。这是什么——是苍蝇在围着他的脸飞来飞去吗？成群的墨蝇盘踞在头顶污迹斑斑的天花板上，闪着黑色的亮光。这时突然传来响亮的说话声，而且是威严的男性的声音，谢天谢地，病房里至少还有两位医生，亨利不由得一阵激动，但他却不敢走上前去。接着他又踉踉跄跄地跟在领路的人后面，好像是要去探望一个比利时伤员，而眼前的一幕却让他慌了神：那个伤员就躺在乱糟糟的床上，身体大面积烧伤，红肿的皮肤看上去就像煎好的牛排，头上裹着纱布，脑袋极不自然地歪向一边，就好像脖子已经折断。"先生？"有人带着关切的神情叫他，亨利一脸关切地转过身子，想看看究竟谁在叫他，想让他做点什么。这时他才发现原来走廊里过来了一辆推车，上面放着一个看上去像便盆或是跟便盆非常相似的瓷罐，里面血淋淋的呕吐物里蠕动着白色的米粒——是蛆虫吗？难道哪个伤员身上生了——蛆虫？亨利拖着脚，脸上冰凉的皮肤紧绷着，嘴边凝结着一个恍惚的笑容，这可一点不像大师在公开场合常有的那种泰然自若的笑容。一位护士领着他来到一个面部已经毁容的年轻人床边，后者那双蓝色的眼睛流露出茫然无措的神色。亨利隐隐地觉察到，那些女志愿者似乎根本不像他那样对这一切难以应对，然而他在内心抗议道：可她们是女人，她们对身体的种种可怕景象早就习以为常了。亨利的视线很快变得狭窄起来，好像他突然之间正朝一条黑洞洞的隧道看去，却什么也看不清。在那个神色恍惚的年轻人床边，他结结巴巴地说道："你好！

我是……"① 然而，他却怎么也说不下去了，大脑一片木然。

二

当文明本身已经堕落，还有什么可说的呢？他简直无地自容。

在圣巴塞罗缪医院那天，他倍感羞愧，之后他在日记本上用黑墨水画了个小十字架作为警示。

这种神秘的黑色十字架在他的日记中随处可见，而自从战争爆发后，这些符号就变得异常密集。这些秘密代号暗示着**绝望日**。

而在屈指可数的**快乐日**里，他则用一个小小的红色十字架作为标记。

纯粹为了保密，他不得不设计了一种密码。大师饱含激情的生活游离于地层的纵深处，相当大一部分都不为人所知。他发誓绝不让任何一位传记作家窥探到自己的灵魂深处。

"只不过，或许这原本就是一颗浅陋的灵魂，随着年龄的增长，它会变得越发浅薄。"

他对自己失望至极！面对考验，大师表现得多么差劲。

亨利翻看着前面的日记，内心惊悸不安。神秘的黑色十字架比比皆是，而红色的十字架却寥寥无几。最近的一个红色十字架看来是几个月前画的，那是六月的一天，朋友们驱车来到拉伊，在兰姆之家和亨利共进午餐。自那天以后，日记里要么就没有任何标记，

---

① 此处原文为法语。

136

要么就是黑色的十字架。

那位老先生晕过去了。赶紧抢救，然后带他离开这儿。

几个身材魁梧的值班人员一番手忙脚乱，总算把亨利扶了起来。他几乎是被人抬着从病房来到医院的大门外，然后搭上一辆出租车回到河边那座褐色的公寓。那天清晨，他曾满怀憧憬、毅然决然地从这里奔医院而去。

随后几天里，亨利不时会在寓所听到那个护士长大嗓门的说话声。更多时候，那声音传达出的不是关切或者担忧，而是恼怒。这个女人受过专业训练，工作经验丰富，这一点毫无疑问，至于那位上了年纪的志愿者现在是死是活，她才懒得关心，只要没死在她负责的病房就行，这个女人实在太可怕了。

老先生，离开这儿。快点儿！

大师奋笔疾书，顷刻草成。从他的笔端爆发出来的，是受伤的动物那狂野的哀嚎。

残忍的东西 / 畜生

对手无寸铁的平民百姓，对老人和孩子狠下黑手

腐烂 / 坏疽 / 历史的荣光

难以启齿的伤口 / 耻辱：拔掉牙齿

心绞痛 / 黄疸病 / 带状疱疹 / 厌食症

偏头痛 / 浑身不适

文明的陷落 / 奇耻大辱

世界像一个染病的红肿的伤口

世界的伤口正流血不止

第六病房，圣巴塞罗缪医院：地狱的前厅

该死的不合口的假牙 / 亮得晃眼 / 价格不菲

"纽约版"一败涂地

笔耕不辍四十载，版税少得可怜

德意志帝国主义军队：贪婪成性的蚂蚁方阵

极度的空虚和颓丧

"不要清醒——不要清醒"：我的祈祷

"目光避开恐怖的画面"

然而就像下水道不断上涨的污泥浊水，那些恐怖的画面从四面八方席卷而来，他已经无处可逃了！

在大师早年的生活中，有一段鲜为人知的故事：1861 年，他十八岁，和家人住在罗得岛的纽波特。南方联盟起兵反叛，战争的阴云在空中愈积愈浓，人们对即将打响的战争兴奋不已，成年男子和小青年纷纷报名参加北方联军。亨利声称自己背部有伤，虽然"原因不明"，但却"疼痛难忍"，对于此次招募，他实在心有余而力不足。

就这样，亨利不但躲过了肉体可能遭受的创痛，甚至避免了受伤的可能。如此文弱敏感的年轻人！就连父母也觉得，任何"男子气的"事情对他都很不适合，比如参军打仗，比如婚姻生活。他甚至免受了诸如懦夫、装病者之类的责难。

然而，事实就是事实：他的确是个懦夫，是个装病以逃避责任的人。如今他已经七十一岁了，却和十八岁时没什么两样。他躲开了那场规模巨大的惨烈的战争，而他的同龄人却奔赴前线，为捍卫联邦政府、结束奴隶制而誓死拼搏。他们有的战死沙场，有的落下伤残，有的虽不见明显的伤口，回来后却跟变了一个人似的，看上去更加成熟，也更像个"男人"。亨利却藏了起来，很快他便去了欧洲，准备在那里开天辟地，大干一场。

在伦敦寓所的窗前，沐浴着淡淡的八月之光，他反反复复地回忆着从前的事情。他直挺挺地坐在皮沙发椅上，手里拿着笔，膝上放一个笔记本，摆好写作的架势，然而沉思的目光却不由飘向了不远处的那条河。时值战争期间，河面上的拖船和驳船正以前所未有的速度急切地往来穿行。他用右手握笔，却一个字也写不出来。思绪如同无声的闪电在他头脑中狂奔乱窜，他根本无法专心写作。为什么那个护士长第一眼看见他时就那么讨厌他？为什么偏偏针对他？从他的衣着和通身的气派来看，他无疑是个绅士，而爱德华兹护士绝不可能是英国上流社会的一员，他们的社会地位相差悬殊，她不喜欢他倒也情有可原，不过那个女人的敌意很明显是针对他一个人的。亨利对她既恨又怕，心脏咚咚跳个不停，好像她就近在咫尺，就在眼前这个房间。

老先生，走开！

每次听到这个声音，亨利都能从中更清楚地觉察出一种得意，一种邪恶的满足。

"她彻底击溃了'大师'，谁也不能把她怎么样——不是吗？"

亨利不是个嗜酒之徒。起码他独处的时候从不喝酒。然而，在这罪恶的 1914 年，报纸上的战况报道越来越令人灰心沮丧，而人格上遭受的羞辱也咬噬着他的五脏六腑。为了抚慰行将崩溃的神经，也为了能尽快入睡，亨利特意给自己倒了一杯烈性的马德拉白葡萄酒，冥思苦想的时候就抿上一口。当酒渐渐暖热他的身体，一件早被遗忘的事情不禁重新浮现在他眼前：几年前，他刚在拉伊买下兰姆之家，一心一意地过起单身作家的清苦生活，这要放在当时的伦敦是不可想象的。一个夏天的夜晚，一声声魔鬼般的咆哮声搅得他心烦意乱，根本没法儿睡觉，平日里他很少生气，此刻却怒不可遏地走到屋外，并找到了那个恼人的东西：那是一只大个头的黑白花猫。一开始，他和风细雨地对它说话，以骗取它的信任，紧接着，他突然一跃而起，用短棒狠狠地击打它的头部，这个举动连他自己都感到震惊。可怜的小家伙头骨破裂，当场就毙了命。

看到眼前的情景，亨利慌忙后退几步，紧接着呕吐起来。

酒精在他体内激荡起一阵阵惬意的暖流，此刻回想起这件事，他的感触和以前大相径庭：惊讶胜于恐惧，且有一种迷狂般的欢欣。

三

"哎呀，先生。您又回来了。"

声音干巴巴的，言语中透着一股不欢迎的味道。她目光僵硬，凶悍的下巴咬得紧紧的，这一切都表明护士长爱德华兹多么希望自己能禁止他进入第六病房，然而话又说回来，她说到底也不过是一个护士而已，不论她顶着怎样的头衔，都没有那个权力。事实证明，志愿者组织在人手奇缺的医院很受欢迎，亨利这次被人认出是"詹姆斯先生"，于是他在一位上了年纪的外科医生——是克兰萧夫人的一位密友——的陪同下来到第六病房。

亨利低声回答说，嗯，他回来了。"您看，我很想发挥点余热，可惜我这把老骨头已经不能扛枪上战场啦。"

那位医生是圣巴塞罗缪医院的一名主管，有他在一旁撑腰，亨利明白自己在那个护士长面前终于可以刀枪不入了。不过他可不想挑战她的权威，他只想避开她，因为护士长爱德华兹完全属于那种让人恨得牙根痒痒的女人：无论你如何尽心尽力，她都不会给你好脸色。那天早上，上面指派另一位护士前来督管志愿者工作。这位护士看上去比较年轻，人也相当和善，她带着亨利来到病房。有些病人伤势非常严重，或是处于神志不清的状态，志愿者们根本没法儿开展工作，她就把亨利介绍给那些伤势较轻的病号。让亨利感到欣慰的是，第六病房已不像几天前那样乱作一团，不过那股味道却没法让人乐观起来。有几张病床的四周挂起了白色的不透明帘子，挡住了里面正在发生的一切，亨利不由得生出一种不祥的预感。

这一次，亨利为他的圣巴塞罗缪医院之行做了更充分的准备：他想过要带一篮软软的、易于咀嚼的水果和巧克力，几小瓶果酱，纵横拼字谜，几本丁尼生、勃朗宁和霍斯曼的薄薄的诗集（他也曾考虑过要不要带沃尔特·惠特曼那粗犷豪放而颇具争议的诗歌，不过最终还是放弃了，因为他并不十分确信自己是否完全赞同这位"狂野的"美国诗人）。他主动跟第一位病人打招呼，小伙子阴沉着脸，直挺挺地躺在窄小的病床上，背后垫着几个看上去脏兮兮的枕头。他形容枯槁，面色憔悴，眼中含着深深的忧郁。看到这一幕，亨利竭力掩饰住内心的慌乱，像女志愿者们那样，他有意用高昂的声调说道：

"你好！但愿我没有打搅……"

小伙子皱起眉头，显出一副厌烦或痛苦的神色。他瞥了亨利一眼，这位绅士志愿者简直就像一只捕食的巨鸟俯身在他面前。然而，好像这一瞥都让他感到吃力，于是他的眼神歇在这位先生的马甲最上端一个亮闪闪的纽扣上。他薄薄的嘴唇微微抽动，挤出一个僵硬的笑容，就像有素养的年轻人对待上了年纪的人那样，即便心里没有丝毫感情，也要表现得礼貌周全。亨利先前就听说小伙子是个"榴霰弹病号"，不过乍一看，倒看不出他究竟伤在哪里。令人感到宽慰的是，虽然大多数士兵头部都受了重伤，小伙子看上去头部却并未受伤，眼睛也完好无损。亨利问他叫什么名字，他无精打采地嘟哝了一声，听起来好像是"休"；亨利又问他是哪里人，回答听起来似乎是"曼彻斯特"。对于这样的回答，亨利一时间竟不知道说些什么才好。他心里一阵吃紧，心脏就像喝醉了酒似的在体内东倒西歪，横冲直撞，他下意识地用手捂住胸口，似乎要收拢住那颗狂乱的心。

亨利又问了一些有关休的家庭以及他在部队的职位等问题，小伙子紧绷着脸，简短地做了回答。他的嘴角仍带着那个嘲讽似的僵硬的笑容，布满血丝的眼睛直勾勾地盯着那个纽扣，而不去看亨利的脸。亨利在内心呼求着：孩子，请看看我吧，看着我的眼睛好吗？你知道我多么渴望能给你受伤的心带来些许安慰啊。"休，你在法国什么地方跟敌人'交上了火'？——我想那是在法国吧？"他有些局促不安地问道，好像这类问题对大师来说再普通不过了。只见小伙子脸色都青了，肩膀也开始抖索起来，就好像一阵寒流突然侵袭了他的身体。

这个问题实在有些唐突，他就不该问这个，难道不是吗？但在这样的情势下，你还能问些别的什么吗？很显然，休此刻很想说话，他用痛楚而沙哑的声音给亨利讲了一段不太连贯的有关自己和他们排里其他几个士兵在亚眠的经历。交火时，好像有个战友牺牲了，休自己也负了伤，最后他只记得一声震耳欲聋的爆炸声。事后他才得知，大约两百多块榴霰弹碎片飞进了他的双腿和下半身。他差点儿死于血液中毒，也就是"脓毒病"。亨利这才注意到，单薄的毯子下小伙子的腿看上去并不正常，腿部肌肉显然已经坏死并且萎缩。休说话的语速如此之慢，脸上的肌肉也出现了严重扭曲，亨利不禁怀疑他的脑部是否也受了伤，或是由于战争的摧残，他已变得精神失衡了。此刻，休的目光突然锁定他的眼睛，眼里流泻出痛苦和愤怒。他竭力遏制着不哭出来，泪水却顺着他的脸颊滑了下来。亨利一下子懵了，他不知道自己又说错了什么，情急之中他慌忙握住休那双瑟瑟发抖的手。那双手冰凉透骨，然而却热切地和亨利的手紧紧地握在了一起。"亲爱的孩子，坚强些。在英国的土地上，你现在非常安全，你会在这家医院得到最好的治疗，然后回家和亲人……"这些话原本很可能会出自一位满面堆笑的政客，不知怎地却由大师说了出来。他不清楚这些话从何而来，也不清楚它们是真是假，然而他被一个事实震撼了，即平生第一次，他以这种方式触到了另一个人的内心，而且还是个遭受苦难的年轻人，一个陌生人。

"你会好起来的！你会重新站起来的！我保证。"

要不是顾虑到护士长爱德华兹有可能在病房的某个角落里冷冷地窥探，亨利肯定会在小伙子的床边跪下来说出这番话。

那天在第六病房，带着沉稳的笑容，他肥胖的身体威严地走过一张张小床，极力掩饰的兴奋使他的脉搏欢快地蹦跳着。他和受伤的年轻士兵拉尔夫、威廉、奈杰尔和温斯顿聊了会儿，他们分别来自纽卡斯尔、雅茅斯、利物浦和马尔盖特。他朗读轻松欢快的诗给他们听（"樱桃树，最可爱／此刻枝头花儿开"），像一位慈爱的祖父，他把篮子里的礼物分给他们。他已经疲惫不堪了，就好像一天一夜没合过眼似的，又像是走了很长一段路。看到如此之多的年轻人受伤或是致残，他一时间还适应不了；看着他们一个个穿着病号服躺在小床上，他会莫名地感到局促不安；乱飞的苍蝇，脚下的蟑螂，还有人的粪便和坏疽的味道，这些都让他难以消受。一想到无论是在他和同行们创作的文学作品中，还是在他们的交谈中，对此都只字未提，他就如芒刺在背。在大师备受赞誉的小说中，没有一个人物，无论是男是女，具有实实在在的肉体，更别说带有异味的肉体了。

离开第六病房的时候，为了避开其他几个正准备离开的志愿者，他用手帕捂住鼻子，急切地想一个人清静会儿。每次刚一出病房，女士们就开始热切地闲聊起来，这一点他实在无法忍受。

大师乘出租车回到家。他步履蹒跚地踏上那座褐色公寓的楼梯，然后沉沉地一屁股坐在窗前的皮沙发上。他已经精疲力竭了，然而——他又是多么兴奋啊！那天晚上，他在日记中写道：我的皮肤好像被剥去了一般，全身的脉络都暴露在光天化日之下。几个月来，他第一次用红色的十字架为那天做了标记。在小十字架的旁边，写了一个谜一般的首字母 H。

一晃几个星期、几个月过去了，在时光飞逝的 1914 年，圣巴罗缪医院年纪最大的志愿者时常会陷入一种恍惚的精神状态。每次踏入喧哗骚乱的第六病房，眼前的一切既让他有醍醐灌顶之感，又令他惊愕万分。这么多伤员！这么多伤残！如此汹涌的痛苦，如此深重的哀伤！一想到他那为世人称赞的构思巧妙、雍容华美的艺术作品，眼前残酷的场面对大师而言无疑是一种谴责。他不无惭愧地想：这才是真实的世界——不是吗？

他再没有看见过休。

休，你。他恨不能把整颗（衰老、病弱）的心都掏出来给他。

第二天上午走进病房的时候，他的脉搏不禁狂跳起来，眼前的一幕实在令人惊恐不安：小伙子的病床周围挂起了白色的帘子，里面发生的一切就不得而知。亨利猛然间止住脚步。他不敢再靠近一步了。

"先生，你最好不要对那些年轻人投入私人感情。原因你以后会明白的。"

目光犀利的护士长爱德华兹早注意到了亨利脸上的表情。她的话语虽然严厉了些，却也不乏同情。

亨利含糊不清地应了一声。事实上，他真不知道该说些什么。

如果休不在了，就只剩下拉尔夫、威廉、奈杰尔和温斯顿了。从前线新到的伤员，有的因疼痛而神情恍惚，有的缺胳膊少腿，有的没了眼睛，有红头发的阿雷斯戴尔、蓝眼睛的奥利弗。就像对待其他伤员那样，亨利读诗给他们听，还念些报纸上的新闻。多年来，为了减轻右手痉挛带来的疼痛，他习惯让抄写员给他的口述做笔录，而今他却发现自己很喜欢为伤员"做笔录"，帮他们给家人写信，并把字写得异常清晰而优美。写这种信会让人产生痛苦的情感波动。无论是口述的年轻人还是记录的老抄写员，常常会流下动情的泪水。在信的末尾，如果年轻人眼睛看不见或是需要帮助才能握住笔，亨利就会握紧年轻人的手，帮他签上名字。

邮费全由他付，信也由他寄出。他把平日里带来的那些礼物分给病房里的伤员。他还带来了沃尔特·司各特爵士、R.D. 布莱克摩尔和威尔基·考林的冒险小说。（因为他很快就意识到，即便是智商最高的年轻人，也不敢轻易闯入大师那精雕细琢、逻辑严谨、节奏缓慢的文字迷宫。这些作品集中探讨了男女之间如蛛丝般轻缈的关系，这些上流社会的人甚至连一个巴掌的痛苦都没经受过。）他花起钱来眼睛都不眨一下，给伤员们买了一大堆衣服，有内衣、袜子、浴袍，连枕套和床单都买了，还有暖和的披肩、毯子、拖鞋和鞋子。有时他的心跳会因疲劳而感到吃力，不过他照旧把年轻人从床上扶起来，帮他们拄好拐杖或坐好轮椅。他很喜欢推着病人来到医院后面阳光充足的休息室，从这里可以俯瞰医院的花园绿地。阳光灿烂的日子，他会推着病人在美丽的悬铃树下那条铺着砾石的小路上散步，不过这很耗体力，他常常累得上气不接下气。

或许某一天他会因劳累过度而死在一位年轻人的怀里也说不定呢！——这种死法也没什么不好。

从1914年冬天到1915年的日记里，他在首字母A、T、W、N、B的旁边画满了红色的十字架。

"我的秘密！我的快乐，谁也不能知道。"

对他而言，这种在他狂乱不安的血液里激荡着的快乐，是那么的罪孽深重、粗俗卑贱。

此刻，尽管声音颤抖，他还是努力用一种饱满的音调给年轻人朗诵他伟大的同胞沃尔特·惠特曼那激动人心、意味深长的诗行：

照耀吧！照耀吧！照耀吧！

伟大的太阳！释放你热情的光波！

我们一同沐浴，相互温暖。

于是，这些充满魔力的语言和他复苏的血液一起激荡、奔流：

啊，亲爱的伙伴！啊，最后是你和我，只剩下了我俩，

啊，用一句话来不断清除我们前途的障碍吧！

啊，一件醉人肺腑、不能证实的什么东西！啊，无限粗犷的音乐！

啊，现在我胜利了——你也必然会如此；

啊，手拉着手——啊，健康的乐趣——啊，又多了一个追求者和亲密友人！

啊，急急、紧紧地拉着手——急急、急急地和我一同前进吧。①

在日记里，他抒发着内心的渴念：如果能成为"伙伴"，谁又愿意被奉为大师呢？

亨利推着轮椅上的年轻人，沿着圣巴塞罗缪医院拥挤不堪的长廊朝前走着，突然之间，他情不自禁地坦言道："你知道吗？等大战结束以后，那时你们全都出院了，而我的幽灵会一直守在这个地方，我忧伤的影子将继续出没在这个地方——'幽灵情人'。"

幽灵情人。这真够胆大狂妄的。说这话可要担很大的风险。然而医院里一片喧嚣嘈杂，不管此刻坐在轮椅上的年轻人是谁，都会因肉体的疼痛而迷失在自己苦恼不堪的梦中，而绝不会大动干戈地让这位老先生把刚才那番稀奇古怪的话再重复一遍。

"啊！这是怎么啦……"

亨利急忙把《草叶集》放到一旁，朝轮椅上这个不幸的年轻人

---

① 引自惠特曼：《草叶集》，赵萝蕤译，上海译文出版社，1991年版，第58页。

俯下身子，在那骇人的一瞬间，他竟记不起他叫什么名字了。只见年轻人浑身一阵哆嗦，紧接着身体剧烈地抽搐起来。鲜血从他极度痛苦的嘴巴里奔涌而出，并沿着下巴泼溅在胸前。亨利惊呆了，他慌忙从口袋里摸出一方洁白的绣着自己名字首字母的手帕，并用颤抖的手指把它打开，试图擦去那可怖的汩汩喷涌的鲜血。

"亲爱的孩子，这是怎么一回事呀？上帝啊，不要……"

医院里顿时响起了警报声，医护人员急忙赶来。那个不幸的伤员被送去急救，老志愿者看上去似乎受了不小的惊吓，于是被送回了家。

……为了宝贵的生命，我们必须创造出与自身相抗衡的现实。

大师隐居的公寓位于伦敦一条僻静的街道。在私人卧室里，他虔敬地打开那方亚麻布手帕，久久地凝视着那团潮湿而殷红的血迹，斑驳的血迹看上去就像一颗形状对称的星星。"亲爱的孩子，愿上帝与你同在。"其实大师根本不信上帝，即便一个人独处的时候，也不习惯这样小声地祷告。他吻了吻那团殷红的血迹，然后小心翼翼地把手帕平铺在窗台上晾着。那天晚上手帕就干了，睡觉前他又深情地吻了吻血迹，然后把手帕平放在沉甸甸的鹅毛枕头底下。此后很多个夜晚他都会这样做，第二天清晨又异常谨慎地把手帕收起来藏好，以免被他的管家厄斯甘太太发现，她会惊恐地以为大师夜里咳出了血。

在这些阴郁惨淡的日子里，亨利心中激荡着汹涌的波涛，他巧妙地使用红色和黑色的十字架记录自己的感受，任何一位传记作家都休想破解其中的玄机。

“先生！看得出您受了不小的惊吓。”

又是那个可恶的护士长爱德华兹！她就站在第六病房的门口，看那架势似乎不想让他进去。她面无表情地站在那里，强壮有力的双臂交叉在硕大无比、令人生畏的胸前。她头戴硬邦邦的白色护士帽，身穿硬邦邦的白大褂，上面系着条围裙，下身那件海军蓝的裙子在肥大的臀部呈喇叭形状向两边展开，裙摆几乎盖住了脚踝，这身行头让她看上去既严厉刻板又刚愎自用，活脱脱一个罗马天主教修女。爱德华兹有这样一种本事，她说起话来几乎会让你觉得她心中饱含着真诚的同情，然而这只是假象，她嘴角微微一噘就暴露了暗藏的嘲弄，而那双靠得太近的眼睛则燃烧着责难的怒火。

“惊吓？我？不过……”

“我听说了，就昨天，就在这儿。一场突然的大出血。您——原本是来帮我们的。先生，您可是我们医院最敬业的志愿者，我们要好好谢谢您，我们实在感激涕零啊。”护士长那挖苦、责难的目光死死地钳住了大师，他心里不由得一阵紧张，半天不知道该怎样回答，于是只好支支吾吾地搪塞着。爱德华兹护士转过身子，给他让出一条道，并毫不客气地打断了他。

“您的惊吓全在脸上呢，先生。您可要当心。”

她什么都知道！她简直把我看穿了。这个女人是我的敌人：复仇女神。我怎么可能让复仇女神对我心慈手软呢！

现实就是这么残酷。亨利眼中闪动着一抹不自然的神情，那张皮肤松弛、皱纹纵横的脸此刻涨得通红，就好像被谁狠抽了一耳光。就像鸦片的诅咒、圣巴塞罗缪医院的魔咒不知不觉已潜入了他的血液。"绝不会是我！最不可能的'瘾君子'。"

　　大师对诸如酗酒、暴食、抽烟等人性的弱点深恶痛绝。有人沾上了有毒的苦艾酒，有人吸食更致命的鸦片（它稍加改头换面，就获得了上流社会很多时尚女性的青睐，并美其名曰"半日花"）。然而，跟一个伤风败俗、铤而走险、自轻自贱的"问题阶层"纠缠不清，这样的人最不可原谅。（事实上，大师对比他年轻的同代人奥斯卡·王尔德①那出丢人现眼的"堕落的悲剧"一点也不同情。上个世纪九十年代，王尔德因为和年轻男性之间"不合常理的举止"而受到审判，整个伦敦为之震惊。经过一番慎重考虑，他最终拒绝了在从轻判决王尔德的请愿书上签字。）然而，亨利却不得不承认，在某种程度上，他已经对第六病房的那帮伤残的年轻人"上了瘾"。一旦远离了躁动不安的圣巴塞罗缪医院，无论是睡是醒，他满脑子全是他们的面孔。在伦敦寓所的私人空间，这个魔咒并不比在他们身边时有丝毫的减弱。在大师眼中，这群莲花般的少年多么纯真无辜啊！他们就像小男孩，他们纯粹就是一群孩子。年轻的身体遭受

---

　　① 奥斯卡·王尔德（1854—1900），十九世纪英国剧作家，诗人，散文家。1895年，昆斯贝理侯爵因儿子阿尔弗莱德·道格拉斯与王尔德交往而父子失和，他公然斥责王尔德是一个"鸡奸者"，王尔德告侯爵败坏他的名誉，上诉失败，且被反告曾"与其他男性发生有伤风化的行为"，王尔德被判有罪。

的可怕变故让他们无所适从，那或许无法补救的永久性损伤使他们感到害怕，而冥冥之中，他们又抱着一线希望，心存美好，这实在令人心碎。亨利和伤员们相处依然比较拘谨，因为他不敢长时间接触他们。当帮着护士给那些无法自己进食的病人喂饭时，他尽量不让自己靠得太近，也注意不让渴望的双眼热切地盯着他们看。只有在卧室的私人空间里，年迈的志愿者才敢大声念叨："亲爱的孩子，我甘愿为你们去死！如果有可能，我愿意为你们承受这一切苦难。把我的两条老病腿拿去吧，给失去腿的孩子装上。我的呼吸，我的心脏，我的血液都拿去吧。亲爱的孩子们，如果我能把自己的生命注入你们的身体，让你们像从前那样健健康康，我愿意这么做。"

这番告白可把他折腾得够呛，他大口喘息着，脑袋一片昏沉，就好像刚喝过酒似的。他在卧室里来回踱着步子，两只拳头轻轻地相互敲击，口中念念有词；他双颊涨得通红，眼睛熠熠闪光，靠近喉咙的衣领敞开着，以便能够自如地呼吸。

亨利给他卧室的一个壁橱上了锁，连厄斯甘太太也没有钥匙。他在里面偷偷地设了一个神龛：在一个雕刻精美的桃花心木盒子里，他敬献了两支蜡烛，用来照亮他所谓的"神圣遗物"。到目前为止，里面有几方绣着首字母 HJJ 的手帕，上面的血迹已经风干，因此摸起来硬邦邦的；几条沾满血渍或黏液的医用纱布，几撮头发，一枚图章戒指，一只袜子，几张照片（那些日子多么快乐而幸福！年轻的小伙子一身戎装，笑得多么灿烂！然而不久他们就被运往前线），甚至还有一串闪闪发亮的黑色念珠，是个已经出院的士兵落下的。亨利很清楚，无论是在医院里偷拿这些东西，还是以这种方式把它们收集起来，并凭着一股狂热劲儿，十指相扣跪倒在烛光闪亮的神龛前，摆出一副祷告的架势，全都是非常冒失的行为。大师不相信祷告，如同不相信上帝的存在。然而，他的双唇移动速度之快，简直让人感到眩晕，他热切地祷告着："亲爱的孩子！我爱你们！你们在我的身体里呼吸。我在你们的身体里呼吸。谁也不会知道这些，甚至包括你们。"

艺术是永恒的，别的一切皆出自偶然且无足轻重。

大师在给一位声名显赫的文友的信中这样写道，这位朋友和他一样也是德高望重的老者。此刻，他微笑着想到，几十年以后，当那些对他的天才推崇备至的传记作家偶然发现这句醒世之语时，肯定会激动得如获至宝。

四

"我的血液污秽不堪，如同我的灵魂。"

他们叫他斯加德尔，这个姓听起来非常生硬。倘若有人直呼其名"亚瑟"，他会立马眉头紧锁，显出一副厌恶的神情。

斯加德尔是第六病房新到的伤员，之前做过截肢手术。从他的眉宇间可以看出，那曾是一张朝气蓬勃的少年的脸，而今却沟壑纵横，疤痕累累。他面色十分苍白，甚至都有些发青。斯加德尔头部受过伤，头发被紧贴着头皮剃掉了，露出了纵横交错的伤疤，看上去非常吓人。尽管经受了如此多的磨难，斯加德尔身上仍透射出一种威严。老志愿者除了给他读伦敦的《泰晤士报》、曼彻斯特的《卫报》和一些不太伤感的诗歌之外，还给他带了几本数学谜题书和一些甘草卷绳糖。天气比较好的时候，他会推着他沿着医院后面那条砾石小径慢慢走着，为了表示心中的敬意，他改口叫他"斯加德尔中尉"。

斯加德尔是位军官，或者说曾经是。而此刻，他却冷笑着说："还是打住吧。这儿可没有什么该死的'中尉'，叫斯加德尔就行了。"

斯加德尔态度蛮横，其他志愿者根本无法靠近。他总是一副盛气凌人的样子，对工作人员相当粗暴，甚至对第六病房的医生和护士长爱德华兹也不例外。因此当斯加德尔言出不逊时，亨利并不放在心上。

"斯加德尔。"亨利念出这个名字，仿佛在咀嚼其中的滋味：念起来异常生硬，听起来也极不顺耳。

圣巴塞罗缪医院就是一剂鸦片！在鸽子笼般狭窄的空间里，充斥着各种味道。有汗臭味、粪便味，而胃胀气病人的肠气简直可以把人熏倒；还有搪瓷便盆的味道，脏兮兮的被褥的味道。在污迹斑斑的枕套上，还有棉绒似的小点点："臭虫"。除此之外，还有一个令人生畏的人物：来自诺里奇的斯加德尔。

遍览大师所有的作品，也找不出一个斯加德尔这样的人。这个来自诺里奇的斯加德尔。

亨利的心绞痛又犯了。他的大手哆嗦着紧紧捂住胸口，并死死地揪住胸前的马甲。

斯加德尔喘着粗气，有时他呼吸起来会非常吃力。不过，斯加德尔很精怪机灵。他瞅着亨利冷不丁地问道："那你呢？你叫什么名字？"

"呃，我好像告诉过你了——'亨利'。"

"'亨利'是你的教名。我想知道你血管里流的到底是哪家的血，你的姓。"

在一个臭烘烘的、苍蝇嗡嗡乱飞的角落，亨利紧挨着斯加德尔的床坐着，他结结巴巴地回答说："我的姓——姓氏吗？知不知道都没多大关系，我又不是伤员。"

斯加德尔被激怒了。"对我来说，要紧的不是我'受了伤'。'受伤'对于我，就像对很多人一样，是个该死的荒唐的意外。我的身份不是该死的'伤员'，我一直都想忘掉我他妈是个'伤员'。"

从斯加德尔说话的口音判断，他可能出身富裕的中产家庭。父亲是个商人？要么是个开肉店的？除了军校之外，他没在任何一所公立学校念过书。

"当然啦！我明白……"

亨利尴尬至极，觉得自己的脸就像火烧一般。最让人恼火的事，莫过于白发苍苍的老人要向乳臭未干的毛头小子俯就屈尊。他没有半点儿冒犯这位直率的年轻军官的意思，但此刻也不知道该如何道歉才能确保不会再度惹恼他。

"哎，到底说不说呀？亨利？"

亨利在圣巴塞罗缪医院第六病房做志愿者已经好几个月了，而年轻伤员询问他的姓氏，这可是破天荒头一遭。一个久卧病榻的年

155

轻人郑重其事地把头转向他，紧紧凝视着他的脸，就好像要认识一下真正的他。

啊，那双眼睛可真够厉害的！充血的眼睛深嵌在眼窝里，闪动着奚落的神情，然而湿润的眼角又分明跃动着生命的憧憬。亨利腼腆地小声说："'詹姆斯'，我姓——'詹姆斯'。"

斯加德尔用一只手拢住他那只失聪的耳朵，示意亨利大点儿声。

"我姓——'詹姆斯'。"

终于说出来了！一阵陌生而狂野的羞怯将亨利彻底席卷，一片绯红的云霞爬上他的脸颊。这张脸曾不止一次被人描述为"纪念碑一样庄严"，此刻却因发烫而微微地颤动。

"'詹姆斯'，'亨利·詹姆斯'。嗯，好像在哪儿听过吧？你的行当跟——新闻有关？"

"不是。"

"政治？"

"更不是啦。"

"不是下院议员吧？上院议员？"

"都不是！"亨利忍不住笑了，就好像谁用粗糙的手指在他的肋骨上挠痒痒似的。

"不管怎么说，总之是个退休的老先生。你都这把年纪了，还在这个鬼地方瞎晃悠，真他妈心肠好呀。"

亨利争辩道："对我而言，圣巴塞罗缪医院可不是鬼地方。"

"那是什么？天堂啊？"

亨利黯然地摇了摇头，不是。他不想反驳这个好争论的年轻人。斯加德尔狂笑起来，笑声却渐渐地变成了持续不断的剧烈咳嗽，旁边的亨利则陷入了沉思：这就是天堂，我还没死呢，上帝就给我发了通行证。

那天的日记中，亨利在首字母 S 旁边画了两个而不是一个红色十字架。他把一截已经晾干的混合着唾液和血渍的纱布放在神龛里，这是中尉咳嗽时用过的。

"亲爱的亨利，你简直不要命了！当然，我是说你对自己的身体太不在意了。"

他的朋友嗔怪道。她目光敏锐，注视着年迈的单身汉作家。不论是在她贝尔格莱维亚的豪华住宅还是在萨里的乡间别墅，他一直都是座上为她增光添彩的人，然而，自打去年秋天起，不知为何他一再谢绝她的邀请，连道歉都是最蹩脚的敷衍，她百思不得其解，简直怒不可遏。亨利只能不安地在一旁赔着笑脸，嘴里又开始嘟哝说他实在很抱歉，医院的志愿者工作让他精疲力竭，很遗憾他不能和老朋友们见面，但他也没办法。"医院人手十分短缺，就指望着这群志愿者呢。尤其是第六病房，那里都是些伤情最重的伤残病人。我必须尽点微薄之力，相信你会理解的。我痛感我能'有点儿用处'的日子已经不多了。"

"亨利，我可真服了你！听你说话的口气，好像你已经老朽不堪了。如果你还执意这么做，就会很快衰老的。"客厅里，朋友那双美丽的眼睛好奇地四下里探查，仿佛要透过厚厚的墙壁找到那个上锁的壁橱，珍贵的遗物都在那个秘密的神龛里"奉献"。

这些谴责再微妙不过了。因为女人洞察一切，女人知悟一切。你的背叛别想瞒过女人。亨利笑了起来。他把那双不知怎的变得粗糙的大手举过头顶，扮出一副溃败的投降状，然后放下来搭在膝盖上。

"亲爱的，事关'奉献'——我们还有别的选择吗？"

1915 年的春天，天下着雨，空气中透着一丝冰寒。第六病房里住着艾莫瑞、罗纳德、安德鲁、埃德蒙，还有不喜欢被人叫作亚瑟的斯加德尔。

"斯加德尔，来自诺里奇。"

亨利了解到：斯加德尔在一次手榴弹袭击中"严重受伤"，在被认定已经死亡后，他和其他几个人被丢弃在比利时马士河北部泥泞的战场上。恢复知觉后，他在一堆尸体中大喊着呼救，人们才发现他竟还活着。在一家战地医院，他被炸毁的右腿从膝盖处做了截肢，而左腿被子弹打成了筛子，已经不中用了。他的头部、胸部、腰腹、胯部及腿脚都负了伤，浑身上下没有一处完好的地方。他差点死于血液中毒，如今依然饱受急性贫血的折磨。他心律不齐，时常上气不接下气，已经截肢的右腿常会产生"幻想性疼痛"。他的脸上疤痕累累，坑坑洼洼，脸色苍白得近乎发青。他的耳朵嗡嗡作响，并伴有耳鸣：他不时会听到远处传来"炮声"。他的舌头上涂了一种蟾蜍腹部的黏液。（当他舔吮过亨利带给他的甘草条后，舌头就变成了油乎乎的黑色。）他肩膀宽阔，却骨骼细小，看上去就像畸形的鸟翅。截肢前，他的双腿从身体的比例来看稍微有些短小。他满是疮痂的脑袋相对整个身体来说也不免小了些。他还不到二十八岁，看起来却像三十好几的人。没有人前来探望他，他也不想见任何人。他在诺里奇有亲人，甚至还有个女儿，而这一切全都结束了，他不想再提起这些。他拒绝让医院的神父为他祷告。亨利给他读《泰晤士报》，他粗鲁地将他打断，他对战事报道极其反感。亨利读诗给他听，他又将他打断，他是如此痛恨诗歌。他不想"振作起来"——他鄙视"振作起来"。他的牙齿一直都不太好，眼下正在嘴巴里腐坏。他那只没用的左脚的脚趾没有任何知觉。他声称身上那些不显眼的伤口曾生过蛆虫。住进圣巴塞罗缪医院后，他浑身上下给擦洗得干干净净，不过这里还是有苍蝇，"狗日的又大又肥，等不及要产卵呢"。他笑了起来，露出愤怒的牙齿。他笑起来的时候毫无欢喜之色，就像犬吠似的。他笑得越肆无忌惮，就越容易引起剧烈的咳嗽。这种突发的情绪震荡有可能导致大出血，也可能造成心脏停搏。伤口缠的绷带总是向外渗血，"还在漏呢"。这让他觉得很没面子。那条该死的断肢也在"漏血"。他的胯部也是"一团糟"。他很不喜欢老志愿者像照顾婴儿那样动不动就给他擦脸，并把伤口流出的鲜血或是脓水及时地擦掉。不管天气多么寒冷，不管外面的砾石小路多么泥泞，老志愿者总坚持推他出去散步，而他则坐在那该死的笨重的轮椅上，感觉自己就像个坐着婴儿车的婴儿，这让他一肚子不痛快。

"当初就该把我丢在泥潭里不管。他们就该给我的眉心来上一枪，我他妈的却像牛犊一样狂嗷着呼救。"

"亲爱的孩子，千万别这么想。这种话你可说不得。"

"我——'说不得'？那谁说得？是你吗？"

那是四月里一个寒冷的下午。被雨水鞭打过的水仙花和红得耀眼的郁金香垂头丧气地倒在地上乱糟糟的绿叶中间。医院周围的空地异常冷清，几乎看不到人影。空气中弥漫着一股浓郁的青草芳香，还有潮湿的泥土那清新的味道。这时笨重的轮椅陷进了泥里，橡胶轮胎深深地陷了进去，亨利使出浑身力气推着这个笨重的家伙，心脏咚咚一阵紧跳，斯加德尔则一边乱踢着脚，一边发出幸灾乐祸的大笑。那一刻实在痛苦难熬，亨利猛然间觉得自己是那样的绝望无助，而紧接着一种奇异的欣狂将他席卷，就像一个人急不可耐地从高处纵身跳向大海，或是继续下沉，或是开始游泳；或者沉下去淹死，或者成功地浮出水面。在泥泞的砾石小路上，亨利跪在轮椅上饱受磨难的年轻人面前，笨拙地拥抱着他，同时小声安慰道："你不能灰心绝望！我爱你！我愿意为你而死！我恨不能把我的——我的生命给你！还有我的腿！还有我残缺不全的灵魂！还有我所有的钱，我的房产……"亨利的内心翻腾着卑怯的爱慕，他忘乎所以地吻着斯加德尔缠着绷带的残腿。那截断腿潮湿而温暖，红肿的伤口正在逐渐恢复。斯加德尔一下子直起身子，不过他并没有将亨利推开；让亨利吃惊的是，他感觉到年轻人的手试探性地轻触着他结实的脖颈，这种触摸虽不像抚摸那般热烈而亲密，却毫无敌意。

时值 1915 年 4 月，空气中透着阵阵春寒。圣巴塞罗缪医院的后花园里，雨水从枝叶间滴滴答答地滑落下来，亨利跪倒在挚爱的人面前，心驰神荡，神思迷狂；他的灵魂已经湮灭，从他的身体里消失得无影无踪，恐怕此刻他连自己那响当当的名字都叫不上来了。

"詹姆斯先生！"

他吃了一惊，心虚地问道："什么事？"

"先生，您必须跟我来一趟。"

"可我要送斯加德尔中尉回……"

"有医护人员呢，詹姆斯先生。找您有别的事情。"

没有交接仪式，一位护工二话没说就从大师手中接过轮椅，然后推着斯加德尔沿着走廊朝第六病房的方向走去。亨利的目光热切地追寻着斯加德尔的背影，却只看到护工弯下去的宽宽的后背和转动的橡胶轮子，斯加德尔也没回头看他。亨利用沙哑的声音大声说道："再见，中尉！但愿——明天——我会见到你。"

中尉。尽管斯加德尔告诉过亨利不要直呼他的军衔，尽管护士爱德华兹就在眼前，亨利还是忍不住这样叫了。他的朋友是一名英国陆军中尉，这令他感到一种特别的荣耀，他很想知道，斯加德尔私底下是不是也为此感到自豪。

"詹姆斯先生，您和那个中尉关系不错嘛。我警告过您不能和第六病房的年轻人走得太近，您都忘了吗？"

确实如此，亨利早把爱德华兹护士的警告忘了个干净。最初那个志愿者队伍中，他是唯一一坚持到今天的人，其余那些女志愿者以不堪劳累、精神抑郁、身体不适为由，纷纷中途退出了。新来的志愿者又出现在第六病房，就像新的伤员被源源不断地送进来。医院里床位奇缺，从不会出现一张病床接连几个小时不用的情况，哪怕是死于大出血的病人的床位也不例外。

亨利毫无诚意地低声向她致歉。爱德华兹护士那张脸就像被人刚用粗糙的抹布擦亮了似的，闪动着凛冽的愤怒。亨利的嘴角抽动了一下，他真想当着这个女人的面大笑起来，就像一个狂傲不羁的年轻小伙子那样。

"很好，先生。您得跟我走一趟。"

爱德华兹护士迈着轻快的步子走在前面，亨利跟她走进一个与第六病房隔了几道门的幽暗的凹室，接着进入一个异常温暖的小房间。"往里走，先生。我来关门。"

亨利不安地四下里看了看。这就是护士长办公室吗？一张小槭木桌上整齐地堆放着文件，还有一个十分破旧的大档案橱柜；此外，房间里还摆放着一把铺着厚厚坐垫的靠椅，一张长软椅，还有一盏垂着长长的流苏的台灯；墙上挂着一幅镶框的维多利亚女王肖像，地毯上印着令人极不舒服的大花图案，这与"上流社会"那些附庸风雅的女性的卧室十分相似。亨利不由得纳闷起来，他刚回过身子，就看见爱德华兹护士扬起了手臂：她手上拿着一根长约三英尺的木棒。亨利刚想往后退，爱德华兹护士便迅疾地朝他的肩膀和脑袋狠狠地抽打起来，他伸手试图抵挡突如其来的打击，棒子又砸在了他举起的手臂上。"跪下，先生！您的膝盖上满是泥水，没错吧？这是怎么回事，先生？您这位堂堂的绅士，裤子上为什么会溅满泥水？你倒是说呀？"

亨利发出抗议的呻吟，随即在印花地毯上跪了下来。他太柔弱，保护不了自己。在爱德华兹护士呼啸的大棒下，他只能坐以待毙。他耷拉着脑袋，惊惶地蜷缩着身子，那张脸因愧疚而涨得通红。小的时候，无论是威严的父亲还是谦卑的母亲，无论是老师或是比他年长的人，没有一个这样对待过他，也没有人对他说过一句重话。最后，爱德华兹护士实在打不动了，把棒子往地上一扔，大口喘息着，并用一种极度厌恶的语调大声说："出去，先生。快点儿！"

就像中了邪一样，大师顺从地照做了。

五

在伦敦那座褐色公寓的飘窗前，不远处烟波浩渺的泰晤士河尽收眼底。大师瘫倒在那张不舒服的皮沙发上，神情恍惚。他有些发烧，脑子迷迷糊糊的，他究竟躺了多久了？他从哪里坐出租回的家？火车站？圣巴塞罗缪医院？他的左臂从肩膀到手腕一阵刺痛。他浑身怎么那么热啊！——他不得不扯开硬邦邦的衬衣领子。当时管家厄斯甘太太被出租车司机喊了出来，她搀扶着头晕眼花的主人上了公寓的石阶，但那已经是几个小时前的事了，此刻亨利庆幸旁边无人打扰，他拿出日记本。在这波涛难宁的日子里，他在首字母S旁边画了两个小小的红色十字架，他的手指微微地颤抖着，然而他却极其动情地写道：孤独！——难道不是人最根本的存在？对我而言，它比其他任何东西都要真切：比我的"天才"深广，比我的

163

"修养"深邃，比我的自尊深沉，而最重要的是，它比艺术顽强的抗衡更加深奥。

那双呆滞无神的眼睛瞪得圆圆的："哎呀，先生，您又回到我们这儿了！"

老志愿者又一次让护士长爱德华兹狠狠吃了一惊。他眉头紧皱，露出一个凝重的微笑，恭敬地小声说："您说得一点儿没错，爱德华兹护士。我来向您报到，希望能继续发挥点'余热'。"

"那再好不过了！跟我来吧。"

看来大师已经无路可走了。一想到要离开圣巴塞罗缪医院，他就无法忍受。

要想获准再次进入第六病房，詹姆斯先生这位绅士志愿者必须证明，作为一名医院护工，他的确具有爱德华兹护士所谓的"诚意"。战争的伤亡大大超出了政府的预测，医院里人手奇缺，在这个节骨眼儿上，紧要的不是诗歌和细腻的情感，而是工作。詹姆斯先生需要做些女志愿者们无法胜任的工作：他必须让人信服他是一名真正的护工，随时愿为包括护士和护工在内的任何医务人员提供帮助。"你不能拒绝任何工作，詹姆斯先生。你不能怕'脏了你的手'——否则你会被请出圣巴塞罗缪医院。"于是，老志愿者坦然地把那身宽大的工作服往身上一套，盖住了那身剪裁考究的哔叽呢西装。那天接下来的时间里，他一直在给护工打下手。他们推着一辆餐车挨着病房分送食物，随后又把吃剩的饭菜和脏盘子推走。厨房里热气袭人，臭气熏天，从餐车上取下来的东西全部堆放在这

164

里。垃圾散发出阵阵恶臭，黑壳的蟑螂在厨房里到处乱窜。亨利感到头晕目眩，恶心得差点没吐出来，然而他竭力沉住气，打起腰板，最后完成了任务。第二天，亨利帮护工们推着车子挨病房发放干净的亚麻床单，同时把脏床单收走，有时他还要把那些污秽不堪的床单送到医院的地下洗衣房，那里热浪滚滚，气味非常难闻。"先生，您得戴双手套。啊，先生——您得把袖子挽起来才行。"亨利被指派站在一大缸热气腾腾的肥皂水跟前，手拿一根木棍，十分笨拙地搅动着那团顽固地缠绕在一起的脏床单，差点没掉进缸里，洗衣房的女工们冲着老志愿者哈哈大笑起来。他那颗耽于幻想的头脑不由得思忖着，自己的作品不正是这样的吗？只有经历生活的瞬间，我们才能与生活真正相连——我是指在当下看得见的生活背后，自始至终都存在着另一种生活，它更幽深、更漆黑、更隐秘；而在表层生活的保护下，我们才真实地遭遇着生活。做出这个决定需要多少果敢啊！这真让人欢欣雀跃！就像在外套里层的口袋藏着硝化甘油片一样，他把这个信念默默地埋在心中，他要在护士长爱德华兹手下当牛做马，而他绝不会被打垮。接下来的一天，老志愿者又被派去扫地，从未碰过任何家用"清洁工具"的亨利平生第一次拿起了扫帚。扫蜘蛛网的时候，有的蛛网实在大得惊人，上面潜伏的蜘蛛个头非比寻常，像一颗颗黑色的心脏一样邪恶恐怖，一些懵头乱飞的苍蝇就成了它们的美餐。紧接着，亨利又被委派了拖地的任务。污秽不堪的地板上遍布着最令人作呕的溢出物：呕吐物、血迹和粪便。还有一次，大师累得精疲力竭，身子都站不稳了，但他始终坚持着没让自己吐出来或是晕过去。他微笑着想到，同事们肯定会向护士长爱德华兹报告说他已圆满地完成了当天的任务。就像个桀骜不驯的孩子似的，他轻蔑地暗自思忖：那个女人要考验我，我会通过考验的。那个女人想让我变得谦卑，我会变得谦卑。黄昏时分，从医院往外走的时候，亨利忍不住在第六病房门口停了下来，急切地朝病房远远的另一头望去。他朋友的床就在那个方向，然而他却看不清斯加德尔是否在里面，或许——说不定坐在轮椅上的那个就是斯加德尔吧？然而，亨利很快就转身离开了，以免其中哪位医护人员认出他来并汇报给护士长爱德华兹。

第二天清晨，亨利满怀期待地从睡梦中醒来，强烈地预感到自己的流放生活行将结束，他将获许重新进入第六病房。然而，他怎么也没料到，一项迄今为止最具挑战性的工作又落在了他的肩头：给卧床不起的病人擦洗身子。他的服务对象可不是第六病房那些英俊的小伙子，而是其他病房的病人。这些人多数年龄都比较大，有的身体十分臃肿。他们病得很重，简直没人形；他们衰老憔悴，有的嘴角淌着口水，有的嘴巴或是鼻孔还在滴血，有的昏昏欲睡；他们的脾气反复无常，随时都有可能暴发。他们浑身长满了褥疮，并散发出一股令人恶心的腐臭味道。再没有什么工作比这更让亨利感到沮丧，他对此深恶痛绝，然而他又非常希望自己能对他们的苦难感同身受，或表现出些许的同情。他实在想不通，怎么可能会有人像护士们那样日复一日地从事这样的工作，她们精神饱满、热情能干，看上去似乎毫无怨言。"哎呀，先生！您现在越来越能干了！"——那帮年轻护士对她们年迈的助手赞不绝口，或许她们是故意拿他寻开心呢。她们的关注使亨利高兴得涨红了脸。亨利要把盛满肥皂水的脏水桶拖走，然后倒进公共厕所旁边的明沟，那里可是个藏污纳垢之地：各种垃圾，结块儿的毛发，漂浮的粪便，此外还有蟑螂。（这些亮光闪闪的硬壳蟑螂在医院的各个角落肆意横行，就像苍蝇一样无处不在。）亨利回到护士站的时候，护士长爱德华兹冷冷地审视着他，目光含着赞许——虽然有些勉强，但毕竟是赞许。"詹姆斯先生，同事们都跟我说，您没有拒绝任何一项工作，并且大部分工作完成得相当不错。这可是个好消息。"

亨利彬彬有礼地小声向她表示感谢。

"不过，詹姆斯先生，您依然是个美国人，对吧？还不是我们当中的一员？"

亨利像吃了当头一棒，木然地呆在那里，半天说不出话来，就像被人指控有罪似的。

第二天，亨利就意识到自己必须为此付出代价：他被派去做医院里最低贱最肮脏的工作，这比给病人擦洗身体或是搬走病人的尸体更加令人恶心——打扫厕所。

此刻，亨利穿着那身因沾满脏物而变得硬邦邦的工作服，他要帮忙收集各个病房的便盆，然后放到一个颤颤巍巍的推车上，再推到厕所里倒掉。这些便盆盛满了令人难以启齿的污秽，不时会从陶瓷盖子底下泼溅出来。他要协助的这个人满脸皱纹，身体有些畸形，始终阴沉着脸。他在这位绅士志愿者面前摆出一副极不友好的架势，不像其他护士，他压根没说过一句赞扬亨利的话。亨利端着便盆，手无意中抖了一下，难闻的脏物一下子溅到了地上，他必须马上把地板拖干净："手脚麻利点儿，伙计！"亨利被一阵阵腾起的恶心弄得头晕眼花，他背靠着推车，身子剧烈地晃动起来，结果被那个护工狠狠地训斥了一番。除了害怕自己会在工作时突然倒下，亨利还担心那个护工会向爱德华兹护士汇报这一切，这样他永远也回不了第六病房了。便盆要推到医院地下室的公厕里倒掉，而医院里绕来绕去的走廊简直就像摆了一个迷魂阵，你很可能长久地迷失其中。如此漫长的一天，亨利不由得想到，大师所有的作品中，从未提及便盆。也从未写过任何一种排泄物，甚至连排泄物的味道都只字未提。他挥动一个长柄刷子，将倒空的便盆刷洗干净，并努力在白垩似的去污粉扬起的烟尘中屏住呼吸，结果弄得身体失去了平衡，东倒西歪，差点儿就跪在了地上。那天，心绞痛发作得异常猛烈而频繁，他被折磨得苦不堪言，因为穿着那身宽大的工作服，他没办法及时把手伸进里面的外套口袋取出硝化甘油片。

"怎么啦，伙计？看样子你现在需要出去透透气，不是吗？"

亨利看上去一定病得不轻，因为那个小矮人似的护工此刻也好像对他生了恻隐之心。他伸出一只粗糙的手臂，把亨利朝门口推搡，亨利无力地反抗着，"不行，我要去报到，"——他猛地记起了——"去第六病房。我要带一个年轻的士兵回家跟我一块儿生活，这样他就可以得到全面的护理。"

护工打了一个呼哨。亨利无从判断这个人到底是在讽刺他，还是真心地佩服他。

"一群'缺胳膊断腿的'——是吧？第六病房？你简直就是个大善人哪，伙计。"

亨利反驳道："他们不全是'缺胳膊断腿的'。其中一些——有几个——可能会好起来，并完全恢复健康。我虽说不是个有钱人，不过……"

"你终于做了一件高尚的事啊，伙计。"

真想不到那人的语气会如此郑重其事。高尚，终于，亨利一时间还无法理解，他疲惫不堪的大脑感到一阵天旋地转，就像一道道无声的闪电直逼眼前。亨利感激地喃喃道："是的，是这样的。我希望——我希望是这样的。"他身子一歪，眼看就要摔倒，多亏护工用他畸形的手紧紧握住了亨利的手，并将他的身子扶正。

1915 年 7 月 28 日，亨利·詹姆斯先生，七十二岁，享誉国际的作家，放弃了他的美国护照，并宣誓效忠于乔治五世国王。几十年的伦敦生活之后，他终于成为一名英国公民。自去年秋天开始，詹姆斯先生一直是圣巴塞罗缪医院志愿者队伍中忠诚的一员。

传来一个残酷的消息，第六病房要施行一次紧急截肢手术。一位截肢过的士兵的另一条"好腿"由于血液循环不畅而患了坏疽。老志愿者站在第六病房门口，一副犹豫不决的样子。病房远远的另一头挂着白色的帘子，挡住了里面正在发生的一切。他双眼噙满泪水，一时无从分辨帘子围着的究竟是谁的床。狭长的病房如此拥挤，眼前的景象这般不堪，空气中弥漫着令人作呕的气味，苍蝇不知疲倦地嗡嗡嘤嘤，伤员的呻吟声、呜咽声、哭喊声汇成了一片。现在，大师已获准重新进入第六病房，他迫切地想要开始工作，并恨不能立马就能见到他年轻的朋友斯加德尔，亨利已经一个多星期没看到他了。然而，到了病房门口，他却犹豫起来，眼前的一张张面孔在他眼中显得如此陌生，病房也好像比记忆中大了很多，也似乎变得更加拥挤了。为了这次探望，亨利准备的礼物比往常要多很多，他还给斯加德尔准备了特别的礼物。他在内心和自己争辩，到底要不要给年轻的中尉看伦敦《泰晤士报》的消息栏，这样斯加德尔就会惊讶地发现他忠诚的志愿者朋友亨利·詹姆斯竟是位"享有盛誉的"——这还不够准确，"享誉国际的"作家。然而糟糕的是，亨利已经七十二岁了，斯加德尔肯定以为他至多也就六十多岁。谨慎起见，亨利不打算进去了，正巧在这个时候，一位身穿白大褂的女人拽了拽亨利的衣袖问道："先生？您不舒服吗？"亨利结结巴巴地回答："对不起……我不能……现在还不能……再见……"

六

你不会叫它灵床。因为它压根儿就不是床。

那不是床，而是俯瞰泰晤士河的一张皮沙发。大师为自己和他年轻的中尉朋友安排的不是一场死亡，而是一次海上旅行。那场大战已经结束，大洋之间又可以畅行无阻了。坐在飘窗前的皮沙发上，泰晤士河尽收眼底，他的内心充满了孩子般的期冀，他是如此的快乐，以致他的心脏几乎无法承受这样的欣狂，还好陪在身边的年轻的中尉帮他握紧了笔，看上去就好像他写字的时候只有手指在动。他焦渴的双唇似乎在念叨着什么，却无法听得清楚。有时，令那些陌生的围观者感到惊讶的是，大师会用一种苍老然而有力的音调要求给他拿来纸和笔，还有眼镜，以便可以看看刚写下的文字。这些文字不是写给他人看的，而是写给大师自己的，他年轻的中尉朋友能看懂大师潦草的笔迹。他额头宽阔，几近秃顶的脑袋就像一尊古罗马半身雕塑那般庄严凛然。他脸部的骨骼坚硬而又倔强，把干瘪的皮肤绷得紧紧的。那双深沉而忧思的眼睛时而飘逸着梦的斑斓，时而又波动着好奇和惊叹。"今晚我们在哪儿靠岸，中尉？你真的很有创意啊，安排了这么多惊喜。"

确实如此：这个来自曼彻斯特的商人的儿子，现在全权料理着一切。他拄着一根大师的拐杖，凭着那条"好腿"（被圣巴塞罗缪医院外科的主治医师保全了下来，免遭截肢）和那条"木制假腿"（是亨利花了不少钱为他买的义肢），他现在能够非常灵活地来回走动了。

温柔的轻风吹拂着惬意的慵懒，他们靠在海洋游轮甲板的栏杆上。面朝大海，亨利心中思绪万千，这片亲切的海域一定是辽阔的大西洋，无数的小船往来其中，甚至还有帆船，营造出一种热闹融洽的氛围，不觉让人想到了和平时期泰晤士河舒适怡人的星期天。此刻，亨利安详地躺在睡椅上，朋友则用毯子裹紧了他的双腿以免他受凉。他们打算只在最具异国风情的港口停靠。这次海上出游，他们从不透露真实身份。亨利继续给他的朋友朗诵惠特曼，他的诗歌具有一种势不可挡的魅力。现在，他们悠闲地坐在船头，很可能是一艘希腊小渡轮，邪恶的黑烟从污迹斑斑的烟囱里冒出来，看上去颇具希腊风情。这怎么会有错？万里晴空下，地中海独一无二的碧蓝正在那里招摇，上面漂游着的不正是希腊岛嘛。先生，求您了！一个刺耳的声音突然传来，打断了他的思绪，亨利不由得心生一阵厌恶。只见一个身穿白色护士服的年轻女人尴尬地站在一旁，手里端着一个放着药片的小盘子，并朝睡椅上的亨利躬下身子，请他把药吃下去。一开始，亨利还比较客气，尽量不去理睬这个无礼的陌生人；现在他怒气冲冲地瞪了中尉一眼，然后就着一大口温水吞下第一片药，而第二片药却像粉笔头似的卡在了他的嗓子眼里！啊，他咳了起来，这很危险，他胸腔里的一把老骨头很可能会因剧烈的咳嗽而突然断裂，心脏也会承受很大的压力。大师突然间雷霆大作，厉声斥问他们在地中海过得那么悠闲自在，为什么要回到死气沉沉的伦敦！这到底是什么地方？这些不速之客究竟是些什么人？背后靠着的鹅毛枕头怎么一点都不舒服？那张该死的皮沙发他半眼都没瞧上过，但自打住进这座房子那天起，它就和别的家具一起摆在那里，就好像它已经把根扎在了地板上似的。事实上，亨利更喜欢站在船首畅游大海，虽然身体可能会有些吃不消，但起码能感受到一种冒险的刺激。先生，您可真够倔的，我没说错吧？这次不是那个神情窘迫的小护士，而是一位体态丰腴的成熟女人，她头戴一顶硬邦邦的白色护士帽，身穿极其令人反感的护士服，就像军装那般正式。先生，我已经说过您多少次了，可您总听不进去，您说是吗？然而，言语间却洋溢着一种类似同龄人之间的赞许，甚至是仰慕。大师顿觉一阵轻松，他觉得此刻好像又回到了风平浪静的从前：先前发生的事情，就像闪电在他头脑中一晃而过，其实根本没有发生。他要在日记中把这些记下来，然后他才会深入地理解这一切。因为只要是写在纸上的东西，即便是用密码写成的日记，对大师自己来说，也毫无神秘可言。年迈的老人语调铿锵地对那个女人说："你要明白，我必须'献'血。我能给的东西就剩这些了。"女人皱起了眉头，一时拿不定主意，就好像这种衰老的血液根本不配她的针头来扎，然而大师最终说服了她。只要他决意跟人理论，对方很快就会被打垮。于是，大师被要求躺下，且要平心静气地躺着，然后伸出一只胳膊。女人走到跟前，一身护士服白得晃眼，她手里拿着皮下注射的针管，准备刺透皮肤再把血抽出来。大师感到一阵眩晕，于是慢慢地合上了眼睛。他似乎有些胆怯，但他绝不是胆怯，而是果敢："我要这么做。我必须这么做。我要把我的血献给——"那个年轻人的名字稍后他才想了起来。这个年轻伤员患了败血症，而亨利的血将会使他好起来。一个白色的影子朝他俯下身子，尖尖的针头刺进了他胳膊肘内侧松弛的肉里。"啊！"亨利强稳住精神。女人快速熟练地将一根细长的管子接到创口上，血从大师苍老的血管中源源不断地被抽了出来，并流进一个袋子一样的容器里，这简直太不可思议了。一种惬意的木然像不断上涨的暗潮一股脑儿将他吞没，他感觉自己仿佛又回到了海上那艘神秘的大船，他腿上裹着毯子，正躺在甲板的睡椅上。在这个日子里，在许多个日子里，他都在日记中画着红色的十字作为标记：他是如此的开心快乐。年轻的中尉那张疙疙瘩瘩、满是瘢痕的脸因重新焕发的生机而闪动着红润的光泽。他站在沙发边上，伸出一只手："亨利！跟我来。"

"爸爸"在凯彻姆，1961

他想死。他给猎枪装上子弹。两个枪膛都上了子弹。他上了两颗子弹，这简直太荒唐了。他很有幽默感。他是个小丑。一个扑克牌里逗乐的小丑，这种人很不牢靠。他笑了起来。然而他的手在发抖，这让他觉得很丢面子。他头上又长满了脓疮，脓液从脑门儿往下滴。他的脑袋需要一次彻底清洁。你都能闻到绿色脓水的味道。他的脑部因炎症而膨肿起来。他蹑手蹑脚地光着脚下楼，不弄出任何动静。天不亮就得起床。他已经来到楼下。女人会认为他只是摸黑上厕所。他在厨房的窗台上找到了钥匙。此刻猎枪就在他手中。他双手颤抖，很难把枪拿稳。这把猎枪是新买的，分量可不轻。他担心枪会掉在地上。他害怕被人察觉。他开车到镇上只为买酒，竟也被人认了出来。人们注意到他那辆小卡车的牌照。在酒馆里，他被隐藏的摄像头偷拍。那把猎枪是在太阳谷买的。老板认出了他。老板说他很荣幸，并握了他的手。那是一把十二毫米口径的英式双管猎枪，枪管上镀了一层镍，银光闪闪的，枪托是槭木做的。他很不忍心弄脏这把新枪。他笨拙地用枪口抵住下巴。他脖子上的赘肉垂了下来，短硬的胡茬像豪猪身上的刺一般乱糟糟地凝成一团。他

174

用光着的大脚趾摸索着扳机。他的脚趾虽不像手指那样索索颤抖，但脚趾甲颜色晦暗，粗糙肥厚，下面淤积着黑色的血块。他的双脚和脚踝都浮肿起来。他祈求着：该死的，上帝啊，救救我吧。即便你不信上帝，祈祷也没什么坏处。他决心要把这件事做得干净利落，因为即便是小丑，机会也只有一次。当然啦，上帝也是扑克牌里逗乐的小丑。你得让他心平气和地把这个活儿漂漂亮亮地干了。这就意味着整颗脑袋必须在瞬息之间灰飞烟灭。他担心大脑的某个角落还残存着没有被炸毁的灵魂的碎片，或是脑干还在继续运作，而后保存完好的那一小片脑组织被植入一根转流管，像复原一件摔碎的瓷器，"爸爸"的头骨被重新接缝起来，于是乎在某座医院里，只见"爸爸"穿着一身尿臭味的睡衣裤，口中结结巴巴地叽咕着ABC。电视也会对此进行报道，一个悠长的声音自画外传来：罪恶的报应就是求生不得，求死不能。无论在凯彻姆的家中，还是在明尼苏达医院，多少个不眠之夜，这种担心令他极度惶恐。他害怕受人怜悯，就像担心被人耻笑一样。他怕陌生人摸他的脑袋，梳理他的头发，因为他的头发已不像从前那样浓密，并露出了坑坑洼洼的头皮。如果要干掉这颗脑袋，那活儿一定要做得干净彻底。有时他觉得自己纯粹是杞人忧天，但谁又敢担保那样的事不会发生呢？就连老谋深算的帕斯卡尔都有拿不准的时候：倘若你要下注，就必须保证万无一失。他觉得这是个原则问题。他手脚不灵，行动迟缓，他对自己的身体越来越感到陌生了。少不更事的他曾对父亲的身体冷嘲热讽，现如今，他却时不时觉得自己从父亲那具衰老的身体中醒了过来。从你自己的父亲颓废的身体中苏醒过来，这该是一件多

175

么可怕的事，尤其当你从小就对它不屑一顾。这个玩笑开得实在有些残酷，不过倒也在情理之中。因为此刻他双手抖得厉害，连枪都拿不稳。手心的汗水弄湿了光亮的镍面。枪管散发出一股浓重的汗味。这个味道非常难闻。他想起来了，是的，他父亲的手也曾颤抖过。年轻的时候，他就看到过这一幕。年轻的时候，他就鄙视这种羸弱。然而，父亲竟稳稳当当地把枪对准自己的脑袋，一颗子弹就解决了所有的问题。你的嘲弄不攻自破，你不得不承认，他的确有两下子。父亲用的是一把手枪，这要冒很大的风险。换作猎枪的话，只要动作娴熟，一般不会出岔子。猎枪是保证你万无一失的赌注。如果能看到那只光脚，他会更有把握。要是能看到那个大大的光脚趾该有多好！他俯下身子，枪口抵住胡子拉碴的下巴。他既看不到猎枪，也看不到地面。一旦失手，悲剧就会上演。一旦失手，女人就会有所察觉。一旦失手，就会招来救护车、医护人员，他就会受到强行管制，就会再次回到医院。他们会用电击烘烤他的大脑，并将一根管子插进他血尿滴漏不止的阴茎。那个玩笑开得太过火了。他重新调整枪口的位置，这次顶在脑门上。他用那个裸露的大脚趾摸到扳机。他刚要用力，就发现出了问题。他双目圆睁，充满了警觉。他的眼球像苍蝇的复眼那样狂乱地来回移动，而他的视线却模糊起来，就好像隔着一层纱布。他无法确定挡住眼睛的是否真是纱布，因为上次事故之后，他头部的伤还在恢复。那次可能是飞机失事，或是别的。他记得自己当时正对着一扇窗户，而窗玻璃被雨敲打得斑斑驳驳。他在山区，爱达荷。他认出了那里的地形。那里可以闻到一股松针的清香，还有木柴燃烧的味道。他来爱达荷是为了做个了断。凯彻姆这个地方之所以让人喜欢，就是因为除了自己，身旁再没别人。太阳谷也是个好去处。但绝不是眼下这个地方。这次他暂且不走了。如果那个女人试图干涉，他就把枪口对准她。一枪就能把她撂倒。不等她的惊号完全释放出来，她就会倒下去。她会重重地扑倒在地，一句话也说不出来，并像任何濒死的动物那样流干最后一滴血。然后，他再把枪对准自己。想到这一幕，他不由得兴奋起来。按捺不住激动，他的手不禁颤抖起来。他最真实的生命潜藏得如此之深，且又是这般神奇璀璨。最真实的生命始终会深藏不露。年少时，他就知晓此理。成年后，无论是喝酒、聚会、招待客人，还是扮演大家喜欢的"小丑爸爸"，他都深谙此道。当他身穿散发着汗臭味的睡衣裤躺在床上饱受腹痛和失眠之苦的时候，他对此更加深信不疑。自始至终，你都是一个人，带枪的人注定孤独，不需要他人陪伴。这是一种超越了性的情欲幻想：子弹在脑颅中炸开，像手榴弹爆炸那般威力无穷。天哪！这简直太美妙了！残留的生命禁锢在他的身体里，像精液堵塞在阴囊和小腹欲出不能。长久的淤积最终恶化为脓疮。他要把那绿乎乎的脓疮彻底炸个干净。令人作呕的脑浆顺着橡木墙壁滴了下来，炸成碎片的颅骨和组织飞上橡木天花板。他笑了起来。一个灿烂的"爸爸"式的露齿笑容。爆炸声震耳欲聋，而他什么也听不到了。

去凯彻姆的话，你得从双子瀑布出发，沿 75 号公路驱车向北，途经肖松尼瀑布、猛犸洞、肖松尼冰洞、魔幻城、贝尔维尤、黑利、凯旋城，最后进入锯齿山脉的丘陵区。那里有城堡之巅，高度可达一万两千英尺。还有灰岩山，雾蒙蒙的日子里几乎看不见。此外还有彩虹之巅。离他那座零散铺开的住宅不远便是迷失河山脉，那一带分别坐落着岩石门、羽毛镇、暴风雪、寒流、畜栏、黄松、鲑鱼河、暖湖、卧居和花园谷。还有黑峡谷大坝，有泥湖、马蹄弯、日光、家园山和富矿。还有鲑鱼河、迷失河。此外还有大迷失河。城镇有小瀑布城、比尤特和博伊西。写不出东西的清晨，他就大声而缓慢地念出这些地名，好像这声响是一首神秘莫测的诗，或是一句祷词。他研究当地的地图，其中一些可以追溯到十九世纪九十年代。这给他带来了无穷的快乐。

写不出东西的早晨如此漫长。

不到下午一点就不能放弃，至少也要到一点。

二楼的工作室正对着锯齿山脉，透过窗户，他正密切地观察林子边上一头未成年的牡鹿，它的行动十分古怪。他盯着它足足看了几分钟。它就像一个醉汉，跌跌撞撞地奔一个方向而去，一会儿又突然掉头朝相反的方向东倒西歪地走去。小牡鹿距离他的住宅大概有一百英里。看到眼前这一幕，他根本没法儿静下心来写东西。他也不指望能集中精力。他来到楼下。女人已经开车去了小瀑布城，这下谁也甭想拦住他了。他浑身感到一阵燥热，根本不需要穿外套，不过他顺手抓过一顶帽子扣在头上。他的头发日渐稀疏，头皮对寒冷比较敏感。他没戴手套，这是个失误，不过已经走到了外面，而且他已经在一步步靠近林子边上的那头小牡鹿，他可不想再回去取了。他轻轻地唤着那头惊恐万状的小生灵，就像你为了使一

178

匹马镇静下来而柔和地对它说话。他小心翼翼地朝那头小牡鹿靠近。他的口中呼出白色的水汽。草坡上盖着一层冻结的雪，脚（他太心急了，竟忘了换上靴子，穿着羊毛袜子和卧室的拖鞋就出门了）踩上去会发出生脆的响声。这头牡鹿实在太小了，身上的肌肉缺少成年牡鹿那股坚韧厚实劲儿，鹿角就像成年鹿角的微缩版，上面密布着天鹅绒般柔软的细毛。当距离那头挣扎的牡鹿大约十五英尺时，他才发现它的小鹿角缠在了一截该死的带刺铁丝上。铁丝扎进了它的头部和细长的颈部，涌出的鲜血在暗褐色冬毛的映衬下熠熠闪光，并迸溅到它踩踏过的雪地上。小牡鹿拼命摇晃着脑袋试图挣脱，而铁丝却似乎越来越深地扎进它的肉里。小牡鹿翻着白眼，嘴角的白沫辉映着太阳的光泽。它大声地喘着气，喷着鼻息，蹄子在雪地上跺个不停。他明白：任何时候你都不能靠近一头成年牡鹿或是一头成年牝鹿，因为它们的蹄子尖利无比，万一对手一不留神被它踢翻在地，它毫无疑问可以将之踩踏致死。而一旦摔倒，对手几乎不可能再重新站起来。鹿的牙齿就像马的牙齿那样锋利无比。然而，他却伸出一只手，不断地靠近小牡鹿，同时口中发出一种有节奏的咔嗒声，以使它镇静下来。他实在不忍心丢下这头苦苦挣扎的美丽小生灵不管，它鲜血直淌，极度惶恐，随时都有休克的危险。不远处的林子里，隐隐躲藏着散乱的鹿群，有的鹿的肋骨从身上杂乱的皮毛中间凸显出来，它们带着痛苦的神情注视着小牡鹿，此情此景，简直令人心碎。离得最近的是一头成年牝鹿，它很有可能是小牡鹿的妈妈。他继续非常小心地走近小牡鹿。他是个倔老头，不会轻言放弃。他明显感觉到心脏在胸腔里怦怦直跳。这可不是什么好兆头，你只希望千万不要引发心动过速。最近的一次，女人不得不叫来救护车把他送到小瀑布城的急救室，那里的医护人员在他的血液中注入了一定剂量的特效液体奎纳定，才使他的心跳慢了下来。可女人此刻并不在身边，他不知道她什么时候才能回来。真该死，竟穿着卧室的拖鞋就出门了！寒冷的天气于他倒算不上什么，这是一股干燥而透明的寒流，他顿时感到神清气爽。他因兴奋而感到温暖，浑身的毛孔吞吐着灼热的呼吸。这会儿小牡鹿看见了他，并闻到了他身上散发的气味。它又是喘息又是喷鼻，作为对他的一种警告。随后它摇摇晃晃地后退几步，不料蹄子一滑，狠狠地摔倒在地。旋即，它又挣扎着想站起来，说时迟那时快，他抢先一步扑上去把它摁住，边骂娘边紧握住它剧烈扭动的脖子和鹿角。不知道什么东西刺进了他肉乎乎的拇指，像剃须刀片般锋利。他骂了几句，但没有松开惊恐的小牡鹿。他发现小牡鹿浑身好几处伤口都在流血，其中下巴底下有一处很深的伤口，距离大动脉应该不会太远。当小牡鹿又一次用蹄子踢他时，他狠骂了它几句。它翻着白眼，喷鼻声越发响亮、急促，活像一只风箱。不过，他还是设法绕到了它的背后，避开了它踢打的蹄子和露出的牙齿。他的双手在流血。真他妈的该死，他骂小牡鹿不能顺从地让他施以援手。成团的泡沫状的唾液喷向他的脸部，他的手又被划破了，似乎花了好一阵儿工夫，他才终于把那根缠绕在鹿角上的该死的铁丝弄下来。他把铁丝扔掉，松开了小牡鹿，它立刻一跃而起，发出一声马一般的幽怨嘶鸣。在空地边上，那头成年牝鹿原本靠得很近，又是喷鼻又是踩蹄，等小牡鹿跑开后，牝鹿立马转身离开了。该死的，他竟被

180

小牡鹿撞了个大屁蹲。他衰老瘦削的屁股贴在雪地上，其中一只拖鞋不知去向。他的心脏咚咚跳个不停，为如此的蠢行发出愤怒的谴责。他很清楚，当然他最清楚了，近年来他的心脏已开始渗漏，并已跟他反目成仇。眼下，他的身体就是他的敌人，一如他父亲那具枯朽的身体。小牡鹿踉踉跄跄地离开时，他依然紧张不安地关注着它的一举一动。它仍不时摇晃脑袋，殷红的血辉映着太阳的光泽。小牡鹿脚下一滑差点没摔倒，他在内心祈祷它可千万不能再摔倒，倘若它摔得很重，而且站不起来，很快就会死于休克或心脏停搏。然而小牡鹿设法保持住身体的平衡，最后一路小跑着消失在林子深处。那个散乱的鹿群也消失得无影无踪了。除了那片被踩踏过的雪地、雪地上的血迹，还有那个坐在雪里、在裤子上擦拭鹿血和鹿的唾液的老人，周遭一片静寂，你绝不会想到这里此前有过鹿的踪迹。

写不出东西的早晨。

妈妈就是海明斯坦因夫人，有时他干脆唤她斯坦因夫人，因为在他们之间，任何犹太名字都只是个玩笑。在学校里他就有过很多绰号，其中包括海姆、海密、内斯特、布池。他自己最喜欢的就是海明斯坦因，有时就直接叫斯坦因了。他生命里的最后一个冬天，在写不出东西的早晨，他会隐约听到一个沙哑的女性声音戏弄般地唤着海明斯坦因、斯坦因，他的嘴唇不由得颤动起来，或是像孩子那样露出开心的笑容，或者像成人那样现出痛苦的神色。他无法作出判断。

警报声。

在爱达荷州的凯彻姆，他逐渐熟悉了警报声。

紧急救援车，救护车，警车，消防车，还有 75 号公路上从凯彻姆方向呼啸而来的车辆遇到堵车时横冲直撞的喇叭声。在这个地方，你会变成识别警报声的行家：那种断断续续、没完没了、上气不接下气的声音是凯默斯县的紧急救援车。声音高昂的是凯彻姆医疗中心的救护车，或是私人运营的荷兰救护车公司的救护车。那种惊慌失措的嘶鸣，简直就是面红耳赤的争吵，好比大象尖锐刺耳的一声长啸，那是凯默斯县警察局的车。还有音调稍低的一种尖利的鸣叫声，不时夹杂着喇叭一样呼哧呼哧的快速喘息，那是凯彻姆志愿者消防车。

一开始，警报声离得很远。警报声可能会前往任何方向。渐渐地，音量开始增加。警报声奔着你的方向而来。警报声从马路上拐上你的车道，并穿过密林出现在你眼前，警报声就在你的头骨里，警报声就是你。

他懒洋洋地靠在楼下的皮沙发上，或许他一直在抽烟、喝酒，电视开着但静了音，也许有火星儿从烟头散落下来，他随手轻掸了几下，也不看看它们到底落在了哪里，接下来他只记得一阵烟雾，一团臭烘烘的烟雾，然后女人穿着睡衣在楼梯上冲他尖叫起来。或许，他在房子后面结冰的台阶上摔了一跤，手里拿着一把来复枪（他总疑心有什么东西在幽暗的树林边上晃悠），结果枪走了火，接下来他发现自己磕破了脑袋，血流如注，女人还以为他中了枪。或许，他从楼梯上摔了下来，左脚骨折，疼得他像只受伤的猴子那样嗷嗷乱叫。或许，是他喝了速可眠外加威士忌，躺在温热的浴缸里，他那颗沉重的"爸爸"的头无力地向前垂着，好像脖子断了，女人无论如何都摇不醒他。或许，半夜里，呵，多少个夜晚他都无法呼吸！或许，是心口痛。或许，是腹痛。肾结石？阑尾炎？中风？内出血？或许，是女人向医生报告的"自杀性的狂暴"——"自杀性的恐吓"。或许，"爸爸"真的威胁过她。（他有这样过吗？"爸爸"断然予以否认。即便卧病不起的时候，精神溃不成军的时候，即便脸部像被一把老虎钳死死夹住那般扭曲可怖，"爸爸"依然言辞雄辩，令人信服。）那个女人竟敢跟他争抢猎枪的子弹，结果子弹掉了下来，滚得满地都是；她还跟他抢曼利彻尔猎枪。快闪开！别碰我！"爸爸"无法容忍这样被人触碰，于是他一把将她推开，跌跌撞撞地离开房间，然后把自己锁进浴室。他的拳头狠狠地砸在药橱的玻璃门上，镜子碎了，割伤了他的手。为泄心头之恨，女人叫了急救，而另一次——有过多少次了啊！——他远远地就听到了警报声，那种没完没了的哭号，活像一只受伤的野兽进攻时发出的狂怒吼叫。多少次警报声冲上山，冲进海角上"爸爸"那座幽僻的房子，女人站在外面的车道上，头发凌乱不堪，全然失却了妻子应有的克制和端庄，她大声哭喊着：请救救我们吧！救救我们！

"爸爸"忍不住笑了：我们。

尤其当你跟她们结了婚，她们便开始觉得是我们。

好像这个世界真他妈的很在乎我们似的。重要的是"爸爸"，不是我们。

他跟这个女人结了婚。那个他最爱的女人，也是他的女人里最漂亮的，"爸爸"没能跟她结婚，因为之前她已经嫁给了另一个男人。但这个跟他结了婚的，是他的第四任妻子，也是他未来的遗孀。一个女人说到底就是一个阴道，女人存在的唯一目的就是阴道。但一个成年女人，一个妻子，除了阴道，还多出一张嘴巴，于是男人就不得不多费一番思量。一个冷峻的事实就是：你从阴道进入，出来时却落下一身的不是。到死你都摆脱不了这个喋喋不休的女人。

他一瘸一拐地朝墓地走去。每次他都感到一种隐隐的焦虑：墓地消失了。石头不知去向。松树林不复存在。山间小道上荒草恣意横生，而他会迷失方向。概念上的户外和真实的户外往往相去甚远。因为概念是一种言说方式，而大自然无须语言。天空时常会令你感到讶异。你把目光投向天空，带着疑问，满怀憧憬。该死的，左脚走不动了。两只脚都肿了，脚踝也肿了。他挂着一根藤条。他可不会去碰拐杖。他呼吸着松针的清香。这是一股浓郁沁人的芬芳。这股芳香令人神志清爽。这香气对你的想象力是种极大的嘲弄，除非你亲自将它摄入鼻腔。天空就在那里，变幻莫测的云的游戏。他眯起视力微弱的眼睛，绵延的云层尽头，他什么也看不见。焦虑又一次将他围攻，像又快又尖的针头奉送的疼痛。他的腋窝下汗流如涌。这是怎么了，他说不清。墓地是孤独美丽之所，墓地是安恬静谧之乡。墓地位于一座松林环绕的山顶上，和锯齿山西麓遥遥相望。"爸爸"对墓地有种特殊的感情，你可别惹他发火。他用石头为墓地划出边界，每次上山他都走同一条路线：从房子出发开始上山，然后沿着林子边上的山脊一直向前。他在墓地停下歇脚，倚着藤条大口喘气。他昏花的眼睛眯成一条缝，望着远处的山峦。他是个虚荣的老家伙，他对眼镜深恶痛绝。除了飞行员的墨镜，"爸爸"从来不戴任何眼镜。此刻身处墓地，他有意识地大口呼吸着。吸烟摧毁了他的肺，因此他无法像从前那样深沉地呼吸。身处墓地，他躁动不安的思绪渐渐平息下来，像欢跳的浪花沉沉入梦。身处墓地，他几乎能感受到一片宁静祥和。*答应我。你会把我埋在这儿。就这儿。*女人很不情愿地答应了。女人不喜欢听他说起人要死的情景，还有死亡和埋葬。女人一直都在自我欺骗，她觉得"爸爸"依然是个英姿勃发的年轻小伙子，他最好的作品还在后面，而不是一个病魔缠身、颓废衰弱的老酒鬼，眼皮跳个不停，双手索索颤抖，脚踝及双脚肿得厉害，而肿大的肝脏活像一只又长又肥的水蛭在他体内鼓胀起来。女人幻想着他们还是浪漫的一对，婚姻美满幸福的一对，因此死亡的话题实在愚蠢。*如果你敢背叛我，我会像蝙蝠一样从地狱里钻出来折磨你。*他当着众人的面说了这句话。女人笑了，也许是勉强笑了一下。他不敢肯定她是否值得信赖。大多数人你都不能相信。真该死，他竟然忘了在遗嘱里写下埋葬的地点。

他在这个葬身之地待了一会儿，并有意识地深深地呼吸着。他不相信永恒，不过，在这个地方，如此的幽独荒僻，如此的美丽静谑，你几乎都要相信确实有永恒的东西存在。真实的世界远比"爸爸"这个称号浩瀚、深广得多。"爸爸"的脑袋里翻江倒海，就像蛆虫在一具腐烂的尸体中大肆狂欢。你懂的。

（尸体上的蛆虫。他见过。白白的，涌动着，在阵亡士兵的嘴巴里、鼻子上、耳朵上，以及被炸开的下巴上。大多数士兵像他当年那般年轻。1918年奥匈帝国发动军事进攻，意大利士兵接连倒下。你不可能忘记那一幕。你不能假装它从未发生。他本人受过伤，但侥幸活了下来。这区别可就大了。生死之间，是一道无底的沟壑。然而它又是如此玄妙莫测，如此不可捉摸。你不愿提起它。你尤其不愿为此向上帝祈求，求他放过你。一想到要向这样一位上帝祈祷，他就觉得恶心。他用大脚趾摸索着抵住猎枪的扳机，倘若他在生命最后时刻的颤动中还想到上帝，那他就会万劫不复。）

那年夏天，他刚满十八岁。那年夏天他在密歇根州北部湖边的房子里消夏。那时，他就洞悉一切。

透过猎枪的瞄准镜，他观察着父亲的一举一动。他把手指放在扳机上，透过瞄准镜注视着那颗萝卜头状的脑袋。他年轻的心跳加快了速度。他感到腹股之间一阵惬意的激荡。他张着嘴巴，双唇干焦。他的口中火烧火燎。*动手吧！你能做到的。*

很早，你就明白要爱你的枪。枪是你的朋友。枪是你的伙伴。枪是你的慰藉。枪是你的灵魂。枪是上帝的愤怒。枪是你的（暗藏的淋漓的）愤怒。这是他的第一把猎枪，他永远都不会忘记。十二毫米口径，温彻斯特双管猎枪。二手枪本没有什么稀奇，但那种狂喜的心跳他这辈子都不会忘记。他的生日在七月份。他刚刚十八岁。他们在这幢房子里消夏："温德米尔"。这是妈妈给取的名字。大多数名字都是妈妈取的。他总躲着妈妈，十八岁了，他不想再被她抚摸。妈妈长得丰满结实，硕大的乳房无精打采地垂在胸前，肚子鼓得像个气球，就连鲸须做成的紧身胸衣都拢不住。妈妈曾是他的初恋，但那已经一去不复返了。他现在谁也不爱。他不想爱任何人。他可以干任何一个他能搞到手的女孩子，但那不是爱。他观察父亲的举动时，父亲丝毫没有察觉，这令他一阵欢喜，就像你通过猎枪的瞄准镜锁定一只被追捕的猎物，而它却蒙在鼓里，直至一声枪响。

老人在西红柿园子里除草。仍旧是七月，一成不变的暑热。儿子的手指紧扣着扳机，老人却茫然无知。儿子那股子兴奋呵。老人在西红柿中间弯下腰身，将它们直直地绑定在棍子上。他很费力地蹲在那里。他头戴一顶草帽，妈妈有时也戴着它。他瘦削的肩膀透过衬衣凸显出来，好像鸟儿折断的翅膀。他低着头，好似怀着虔敬。一圈圈肥厚的赘肉从他的下巴上垂了下来。他的皮肤苍老晦暗，就像融化的蜡。在园子边上的草棚里，儿子沉着而冷静地观察着父亲的举动。他很喜欢枪托顶在肩膀上的那种实实在在的分量。沉重的枪管使他的小臂感到一阵吃紧，不过他还是设法把枪稳稳当当地握在手中。他用手指抚弄着扳机，这给他带来了绝妙的享受。这既是一种灵魂上的欣狂，也是一种生殖器的快感。有时父亲的嘴角突然抽动了一下，紧接着便活跃起来，就好像他正在跟谁交谈。

他腼腆地笑着，仿佛在谈话中占了上风。父亲沿着一畦西红柿向前移动。父亲有点儿驼背。父亲的下巴隐没在松垂的赘肉里，看上去就像融化的蜡那样没了形状。父亲的脑袋就像个萝卜头，一枪就能轻松报销。一个男人变得羸弱不堪，往往是女人消磨了他的阳刚之勇。解决掉这样一个男人简直就是对他的仁慈。

他的手指来回抚弄着扳机。然而他的呼吸如此轻浅短促，他几乎感到了一阵晕眩。

那年夏天他刚十八岁，他不再笃信上帝。他不再去教堂做礼拜。妈妈为他的灵魂祈求宽恕。父亲也是一样。当我们天各一方，愿主为我们守护。

从父亲到儿子，枪会代代相传。

十一年后，父亲在橡树园的家中饮弹自尽，用的是一把内战时期的史密斯-韦森牌"长约翰"左轮手枪，而不是那把温彻斯特猎枪。那时儿子二十九岁，早已结婚生子，并且成了著名作家。他住得很远，很少会想去探望父母。那个消息深深地撼动了他，令他刻骨，令他惊恐，这个软弱无能的老头子竟有种做出这样的事。

或许，爸爸就是个懦夫。爸爸始终都是个懦夫。一想到如此的懦弱，你简直羞愧难当，你血管里也流着他的血啊。

妈妈说，爸爸一直很担心自己的身体。他为此焦躁不安，忧心如焚。一个失去了男子气概的人总有很多忧虑，这样就可以分散注意力，而不必为那件特别的羞耻而苦恼不堪。然而，他却目标恒定。关键时刻，他举起了枪。他没有丝毫动摇。你可能会觉得在如此近的射程，一定不会失手。但事实上，你可能会错失大脑内部的靶子，从而在余下的生命里囿于脑损伤或完全失明的阴影。老头子的行为冒了很大风险，或者说实属莽撞之举。或许，这很可能是懦夫摆脱困境的唯一出路。

儿子饱受着痛苦的煎熬，他说不上父亲的行为到底该如何界定。他一生都没能想明白。

父亲去世后，他就不再管母亲叫妈妈了，而改口叫格蕾丝。儿子一点儿也瞧不上格蕾丝，他无法容忍在房间的任何一个角落看到她。跟她说话也让他无法忍受，除非哪天他喝多了，或是安慰自己说反正跟她说完后可以一醉方休。儿子回到伊利诺伊州的橡树园料理后事。他早年间把上帝一脚踢开，更别提成为公理教会的一分子了，而此刻他却身着素服，打着孝顺儿子的幌子回到伊利诺伊的橡树园，在第一公理教会为父亲操办了丧葬仪式。事后，他喝得烂醉如泥，此后三十年他从未真正清醒过。

后来，他让母亲把祖传的"长约翰"左轮手枪寄给他，这把枪原本属于父亲的父亲。格蕾丝妈妈答应了，同时送上了一份母亲的祝福。

很长一段时间里，他最喜欢喝的是一种古巴鸡尾酒："海湾死神"。少许比特酒，一个酸橙榨汁，外加一大杯荷兰杜松子酒就调好了。他喜欢这个名字蕴含的诗意。他喜欢这种口感。他喜欢喝冰镇过的，从杯口望下去就像大海那样深不见底。

眼下在凯彻姆，他没有什么特别的喜好。

他用（没装子弹的）曼利彻尔点二五六来复枪反复练习过。光脚坐在一把直背椅上，把枪托稳稳地支在地上，俯身向前，将枪口伸进口中抵住上颚。或者，身体前倾，将下巴牢牢地抵在枪口上。他要凝神定气。而往往在这个时候，他耳边就会传来一阵呼啸声，好像远处传来的瀑布声，因此很难集中注意力，但并不是完全做不到。他会有意识地深呼吸。整个过程可马虎不得。想用猎枪炸开脑袋得靠技巧。这种时候，你可不想把事情搞砸。就像干女人，像写作，关键在于技巧。外行才会心急火燎，仓促上阵，内行则会谨慎行事。行家绝不会心存侥幸。行家绝不会扔出骰子等着看最后的结果，行家只要一出手，乾坤尽在股掌之中。

他用光着的大脚趾摸索着扳机。那一声"咔嚓"会声震屋顶。"咔嚓"声会在橡木装修的房子里盘旋回荡。墙壁上溜光闪亮的镜框里镶着"爸爸"和他的战利品的合照：有巨大的马林鱼，有倒在地上的脑袋硕大无比的雄狮，有长角的大个头的麋鹿，有体型庞大的灰熊，还有一只美丽修长的猎豹，长长的尾巴直铺在"爸爸"脚边，"爸爸"强健的胳膊抱着那把高性能的来复枪蹲在猎物跟前，一脸胡子的他笑得多么灿烂。咔嚓！咔嚓！他用枪口紧紧地抵住下巴，让脑袋在上面歇息片刻，慢慢地合上眼睛，狂跳不止的心脏逐渐放慢了速度，像上了发条的闹钟渐渐没了响动。

……密歇根州北部湖边的那些个夏天。他的第一次猎杀，还有第一次性行为。透过猎枪的瞄准镜观察老人面部表情的那天晚上，他和那个放荡的印第安女孩一起喝着威士忌，干了她多少次他都记不清了。他把阴茎插入女孩的身体，深深地进入，任何一个女孩都行，至于她长什么样子，叫什么名字，这都无关紧要。使他兴奋的只是阴道，他进入那个向他敞开的丰润温暖、几乎毫无抵抗的阴道，在里面冲锋陷阵，向前冲杀，以退为进，既攻又守。也许阴道本来就是为他敞开的。几番进攻之后，他感到天旋地转，头脑昏沉。

手指触摸扳机的感觉实在妙不可言。你猛地扣动扳机，再没有回头的余地。

......他那一代最杰出的作家（writer）。他放下酒杯，笑得前仰后合，然后起身上去领奖。沉甸甸的黄铜奖牌，支票，观众热烈兴奋的掌声，还有急切地想向他握手道贺的陌生人群。授奖仪式结束后，他仍止不住在心里暗笑，一群善于吹捧的人握着相机朝他哔哔闪个不停，再次印证了他从颁奖词里听到的东西：他那一代最杰出的冤家（hater）。

你不得不承认，也许事实就是这样。

女人不安地问他，为什么要这么做呢？在这个偏僻的地方，我们谁都不认识，你身体又不好，这倒是为了什么呀？这个女人只是众多阴道中的一个，这样说对格蕾丝妈妈很不恭敬。她是他的第四任妻子，他未来的遗孀。她带着孩子般的天真任性提到我们，好像除"爸爸"之外还有另外一个人同样重要。

写不出东西的早晨，没有生命垂危的柔弱小牡鹿需要他来救助，"爸爸"陷入了沉思：时机一到，倘若女人再来干涉，他或许会连她一起干掉。

三十年了，"爸爸"魔咒始终纠缠着他。

父亲自杀前，虽说他还是个二十八九岁的年轻人，但在那些崇拜者的眼里，他早已是久负盛名的"爸爸"了。为什么会这样，为什么他似乎想让自己的生命加速运转？他无法解释。"爸爸"这个称谓令他心醉神迷：旺盛的性欲，快乐的化身。快乐从心神迷乱的亢奋逐渐升腾为天堂般的欢欣。你喝酒是为了庆祝，也是为了愈合伤口。你喝酒是为了抚平那些被你伤害过的人的创伤，对他们而言，你的忏悔姗姗来迟又于事无补，却又是这般真挚坦诚。

他有个作家朋友，就是他的伙伴米德韦斯特纳①，年轻时他们曾在巴黎待过一段时间，他在回忆录里对他不无责难。朋友死后，他以"爸爸"狡黠的洋洋自得和嘲讽挖苦将他的男人本色一扫而光：他声称朋友在性方面很不自信，后者曾请求"爸爸"看过他的阴茎后坦诚地告诉他，他的阴茎是否像他妻子所说的那样不够尺寸。在回忆录里，"爸爸"曾提到过两个稍微有点喝高了的年轻人，

---

① Midwesterner，直译即"中西部人"。此处暗指菲茨杰拉德，他生于明尼苏达州，该州传统上属美国中西部。

他们在进入米寿餐厅的卫生间后拉开裤子的拉链"互比尺寸"。"爸爸"在此以一种友善而不乏优越感的笔触来刻画自己,他让这位烦恼不安的朋友放宽心,说他的阴茎大小正常。但"爸爸"没有补充说,在那一刻他如何对那位朋友产生了无法遏制的深情,他们之间的竞争如何在朋友痛苦无助的危急时刻烟消云散,还有他对那个男人产生了什么样的情感。他多么渴望能触摸他的身体,多么渴望用虔敬的手握住他的阴茎,就那样拥抱他,以这样的抚摸使他感到慰藉。有句话"爸爸"想说但永远也无法说出口:我是你的兄弟,我爱你。

这样的表白"爸爸"永远也不会说出口。在他极度令人费解的回忆录里,柔情没有生存的空间。

为什么会这样呢,女人大惑不解。很多人都感到困惑。

为什么要离开古巴呢?在那里,他是很多人崇拜和喜爱的"爸爸"。为什么要离开温暖的加勒比海而把自己隔绝在爱达荷?他从一个身价百万的"运动员"酒友那里花大价钱买下位于美丽而荒凉的锯齿山脚下的一处几十英亩的地产。附近有座古老的以采矿为主的镇子,名叫凯彻姆。在这里,身为作家,他将写出名垂青史的杰作,因为他相信灵魂强劲的冲刺尚未到来,还没有一件作品足以彰显他全部的创造力。虽然他被世人称作一位伟大的作家,虽然他现在生活富足,然而他却明白,在写作上他还必须不断地深入,再深入。海面波光粼粼,他纵身跳了进去,过滤了阳光的绿色海水渐次变成昏黄,变成墨蓝,最后眼前漆黑一片,一切都湮灭在可怖的黑暗中。大大小小的意外事故，热带地区疾病的侵袭，以及众所周知的酗酒，这一切过早地摧毁了他的健康，即便如此，他仍可以堕入海洋。他完全能够潜入海底漫无边际的可怕黑夜，并带着胜利的荣光浮出海面。他知道他能做到！

许多个夜晚，他的心脏狂跳个不停，他根本没法安躺在床上，于是只能端坐在椅子上。黑暗中，他听到一个低沉的声音说：当我们天各一方，愿主为我们守护。这句话曾深深地激怒过他，对那个像女人一样衰弱不堪的父亲，他心中的蔑视无以复加。现如今，他已经六十岁了，在即将走向生命终点的时候，他突然意识到父亲对他的爱曾是那么的深情而炽烈。这些令他鄙弃的字眼，是父亲点点滴滴的牵念。曾经，他对父亲的误解竟如此之深！曾经，他试图用豪爽强悍、对男性的弱点极尽嘲讽的"爸爸"形象来取代自己的父亲！悔恨将他折磨，泪水把他的眼睛刺得酸痛。他突然意识到，当忧心如焚的父亲在1928年的伊利诺伊橡树园把一颗子弹射进自己的脑袋时，他的年龄比此刻的自己要小很多。

他的生命像一群疯狂的羚羊从他身边惊慌失措地逃走了。成百上千的蹄子踩踏出隆隆的轰响，狂热的灰尘在空中激荡翻腾。猎人来不及给枪换上子弹，来不及将子弹更快地射出以填满猎杀的欲望。

太迟了的时候，他才渐渐意识到自己对父亲的爱，或开始珍藏关于父亲的片段回忆，而他自始至终都未曾停止过对格蕾丝妈妈的鄙视。他不无沮丧地想到，他在地狱里也会见到海明斯坦因夫人，这条母狗定会面带责备的微笑向他问候。

喝酒源自痛苦，而喝酒又是痛苦的唯一出路。

警报声奔他而来。女人背叛了他。他被皮带死死地捆住。他的头部固定着电极。电流在他身体里肆虐。电击令他昏迷不醒。他的脑袋好像被放进一把平底锅里煎炸着，同时发出哔哔的声音。他们给他的动脉注入一种药水，像酸性物质一般蜇得他疼痛难忍。他们谈论着脑白质切除手术。他们谈论着要从他的眼窝里插入一根冰锥，并向上插入额叶。他们谈论着"抑郁症的神奇疗法"。他们谈论着"酗酒的黄金妙方"。他被束缚在病床上。身为他那一代最伟大的作家，"爸爸"被囚困在病床上。身为诺贝尔文学奖获得者，"爸爸"被挟制在病床上。他在床上小便。他在床上拉屎。他跟护士调情。"爸爸"可是个跟护士调情的高手。这里是地狱，死活我都出不去了。"爸爸"用一口像极了罗纳德·科尔曼的漂亮英国口音跟护士们逗乐打趣。"爸爸"不但赢得了她们的钦慕，连她们的魂儿也一并收入囊中。一个男人最后的也是最低贱的一点虚荣，就是希望讨好那些照顾自己的人，让她们对他刮目相看，以便日后会替他说上几句好话。她们会说他勇敢坚强。她们会说他慷慨大方。她们会说他是颗难得的开心果。她们会说他是个非同寻常的人。你能猜到她们会说他是个了不起的人。她们不会说他是个倒霉的家伙。她们不会说他是废人一个。她们不会说他的阴茎无精打采地耷拉在那里，就像甲状腺肿。她们不会说他有时简直害怕得要死，我们得轮流握住他的手臂。

她们不会说他狂乱地呼喊着：上帝啊，救救我吧。

他有过这种冒险！从追捕人的眼皮底下溜之大吉。

他们要前往的梅奥诊所位于明尼苏达州的罗切斯特，中途要在南达科他州的莱佩德机场给飞机加油。下飞机后，"爸爸"轻快地直奔飞机跑道。"爸爸"目标明确，毫不含糊。"爸爸"的腿脚看起来一点问题都没有。那天晴空万里，凉风习习。机场很小：只有一条土铺的跑道。直到看见一架正在跑道上着陆的小型飞机，"爸爸"才明白自己为什么要从他的看守身边溜掉。飞机朝着机场的方向滑行。一架单螺旋桨的飞机正朝他的方向滑行。他立即加快步伐。他几乎都要小跑起来了。那个飞行员肯定说不上"爸爸"当时究竟是在冲他微笑，还是像口中塞着毛巾那样牙关紧咬。"爸爸"距离轰鸣旋转的螺旋桨大约三英尺的时候，飞行员断然关闭引擎。女人哭喊道："爸爸"，不要。"爸爸"，求你了。然后，他们都围了上来。"爸爸"站在渐渐慢下来的螺旋桨前纹丝不动。他明白自己不能反抗，失败只是暂时的，复仇的日子终会到来。

回到凯彻姆的家里，女人把枪锁进楼下的柜子。她把存放酒的柜子也锁了起来。女人是他的狱卒。女人是他的魔鬼。女人是他未来的遗孀。女人凭借合法的手段将他欺骗。女人想方设法把他送进疗养院。女人竟准许联邦调查局的技术人员进入家里并给电话装上窃听装置。女人将他的收入所得税明细交给了国税局。女人跟"他的"医生频繁地交谈。女人在日记中记录他的言行。女人跟卡默斯县的警察局长及其下属暗中勾结。"爸爸"开车进城的时候，女人就会提醒那些下属注意，因为此前"爸爸"的驾照已被吊销。"爸爸"的视力非常弱，傍晚时分，对面车辆的前灯像一颗颗精神错乱的小太阳迸射出道道刺眼的强光，他不得不眯缝起眼睛。"爸爸"有理由怀疑女人和菲德尔·卡斯特罗关系非同一般，那个男人曾一度是她的情人，他不仅将"爸爸"赶出了古巴，还将他在古巴的房产据为己有。"爸爸"有理由怀疑，关于他的信件往来情况，女人所知道的要比她自己愿意承认的更多，因为"爸爸"每次收到的信件显然已被拆开过并草草地用胶水重新封住。女人不会承认他的律师在暗中搞鬼，或是纽约的出版商迟迟不履行他的版税声明，或是双子瀑布银行的负责人对他的存款动了手脚。还有一次，女人拒绝跟他开车去看竖立在通往博伊西那条路上的大幅广告牌。这些广告擅用了"爸爸"那张著名的肖像，巨大的海报上净是些令人费解的词句和数字，内容涉及"爸爸"的烈性作风以及他和共产党的关系。不过女人并不反对"爸爸"在公共场所戴上黑色墨镜，或是在他最钟爱的双子瀑布餐厅吃饭时坚持坐在最边角的小隔间，并将帽檐拉得很低，几乎盖住了额头。

正如西班牙人的那句俗语：复仇是一道菜，最好凉透了再端上来。子弹爆炸的威力使她的身体摔到了墙上。瞧她脸上的那种表情，呵，最甜蜜的复仇！

最酣畅淋漓的复仇："爸爸"的新宠。

在梅奥诊所，他引诱了护士中最年轻漂亮的一个。引诱护士中最年轻漂亮的一个，这是"爸爸"一贯的作风。那个女孩名叫格蕾泰尔。"爸爸"和格蕾泰尔双双坠入爱河。"爸爸"和格蕾泰尔谋划着如何才能让格蕾泰尔到凯彻姆来为他工作，谋划着如何结婚并修改遗嘱以便"爸爸"可以把所有的钱都留给她。那个女人，"爸爸"年老色衰的母夜叉妻子，该会是怎样一副气急败坏的德性啊。看"爸爸"如何对付这个老朽的悍妇。格蕾泰尔在夜里来到"爸爸"的私人房间。格蕾泰尔用她的嘴唇和温柔的双手给"爸爸"带来了极大的快乐。格蕾泰尔用海绵给"爸爸"擦洗散发着汗臭味的身子。格蕾泰尔笑嘻嘻地拿"爸爸"寻开心，管他叫爷爷。不过，还有一个叫希瑞的女孩子。究竟是格蕾泰尔还是希瑞会来凯彻姆为他工作，"爸爸"稀里糊涂的。他不记得格蕾泰尔或是希瑞到底姓什么，他只依稀记得梅奥诊所。在那里，他的头像被放进平底锅里煎炸，并发出咝咝的响声，他的阴茎被极其粗暴地插进一根管子，于是血水夹杂着滴滴答答的尿液流了出来。

写不出东西的早晨如此漫长。

我父亲开枪自杀了！为了逃避痛苦，他常拿这件事当笑话说。

他被牢牢地捆绑在病床上，大脑处于一种近乎疯狂的亢奋状态。不管身边的年轻护士是一个还是几个，他都试图向她们道出事情的来龙去脉。他的父亲如何穿着长长的内裤而很少换洗，内裤如何洗过之后还能闻到父亲身上的汗臭味。他试着向任何一个愿意倾听的人解释说，开枪自杀并不是逃避痛苦的懦弱行为，因为当一个人饱受折磨的时候，他很可能会出卖兄弟，而背信弃义是件不可饶恕的罪行，一个真正的男人永远都不能背叛兄弟。如果你出卖兄弟，你的灵魂将在地狱永世不得翻身。他被捆绑的身体开始剧烈挣扎，他开始大声咆哮起来。他们不得不给他注射镇静剂，一连好几个小时他都昏迷不醒。

凯彻姆的许多个清晨。他快速翻着字典寻找词语。现如今，词语可不会主动找上门来，他这副情形就像要拿一把老虎钳捡起几颗米粒。他不喜欢用打字机，因为只有你敲打它的时候，它才不会死气沉沉。他打算给格蕾泰尔或希瑞手写一封情书。"爸爸"已经很久没写过情书了。"爸爸"很讨厌语言的平庸无奇，可他好久都写不出令自己耳目一新的句子了。精确是句子的生命。句子的质地类似于钢：它看似细小微弱，却饱含着坚毅和韧性。句子之外就是段落：那是一只拦路虎，好比一块从高山上滚落下来的巨石，令人望而生畏。它将通行的道路拦腰截断，让你的车辆寸步难行。一想到段落，他就觉得头晕眼花，天旋地转，接着血压骤升，心跳耳鸣。他不记得自己是否吃过降压药了，他可不想去问那个女人。

一大堆药片，胶囊，药丸。他要么大把地将它们吞下去，要么就扔进厕所里冲走。他把那只银酒壶装在夹克衫的口袋里随身携带。女人把装酒的柜子锁了起来，不过他总能从家里的维修工阿狄那里买到好几品脱四玫瑰威士忌。

诸如锯齿山、羽毛镇、暴风雪、寒流这类地名，每当大声念出来的时候，就像一句神奇的咒语，其魔力令他沉迷；就像破碎的诗句，字典上的词语是如此神秘而不可捉摸，你必须对其进行挑选梳理，使之凝成一个新的生命体，然而"爸爸"却再也胜任不了这样的工作了。诊所的神经科专家告诉他，由于"饮酒无度"，他的大脑皮层已经萎缩。内科医生说，他的免疫系统和肝脏已经遭到了"永久性的损伤"。精神科医生将他确诊为躁狂抑郁症患者，并给他开了一种椭圆形的绿色药片。他几乎把它们全扔进厕所冲掉了，因为一吃这种药他就感到头晕眼花，而且舌头上会残留一层灰色的药渣，呼吸起来非常难闻，难怪女人总躲着他。在诊所的镜子里，他第一次看到一张令人愕然的他父亲的脸。父亲额头上的皱纹沟壑纵横。父亲的眼皮沉沉地下垂，双眼茫然而空洞。父亲的嘴唇呈弯曲的弧形。父亲牙关紧咬，双颊紧绷。他的头发比父亲的还要白。他额头往上的头发依旧浓密，而脑后的头发稀疏得让人吃惊（旁人能看到他的头皮，而他自己却看不见）。这张脸上写满痛苦。然而，这是一张英俊的面孔，一张将军的面孔，一张领导者的面孔，一张被钉在十字架上的人的面孔，当铁钉砸进他的手脚，他没有发出一声哭喊。从自己的脸上看见父亲的面容，看到如此的痛楚，这着实令他感到震惊。很奇怪，他头上拳曲的头发，他额上波浪般的皱纹，甚至连那金属丝一样的胡子都统统向左偏，好像他的身体渴望着向左偏，好像一阵冷酷的飓风正毫不留情地扑向左边。这到底是怎么一回事？

　　他很想写写这些无法破解的神秘。写写外部世界的深奥以及内心世界的玄机。他等待着，耐心地静守着，而词语却迟迟不来。句子不再主动来敲门。一截铅笔头从他手里滑落，带着响声滚落到了地板上。他的欲望在体内凝结，腐烂。他必须将之释放出来，他再也承受不了了。曾经灼痛的伤口，曾经滞留的伤疤。他身上的皮肤痒了起来，上面脱落着一层层雪花片似的碎屑：丹毒。就叫这个！

楼下，女人正在打电话。这一次她又在跟谁合起伙来欺骗他，"爸爸"毫不知情。

……你原本在安恬低调的生活中自得其乐，他们却闯进来拉了一泡屎，然后擦擦屁股，把废纸往地上一扔扬长而去，而你只能忍气吞声。这种耻辱可不是独具匠心地编织语言的锦缎，突兀的结束往往牵着必然，它倒像山上来的一阵风，没完没了地吹着，不论白昼黑夜；它时而暴怒狂虐，时而刺骨冰寒，它使你的呼吸分外沉重，它让你的眼睛流泪发酸，即便你倚着拐杖拖着脚步，你的户外之行也会危机四伏；它是一袭清透的冰凉，它是一瞬徒劳的撒欢，它潜入锯齿山上百万富翁别墅里密封不严的窗户，它搅动着醉酒之后昏沉的睡眠，它捂紧嘴巴试图藏起奚落的笑声，它从未有过片刻的安宁。

在墓地参天的松树林中，这股忧郁的风将永无休止地吹下去。这于他倒是一种安慰。

*

早上六点四十分，他从后门走出房子。夜里睡得很不安生。

女人带他出去和凯彻姆的朋友一起用晚餐。他们去了双子瀑布的鹰堂，那是"爸爸"最喜欢的餐馆。从一进门，"爸爸"就觉得事情有些蹊跷。"爸爸"对那个女人再没有丝毫的信任。"爸爸"非常焦虑，因为整整一天他写不出一个字。"爸爸"说不上是什么东西欲出不能，就像蛆虫一样在他体内挣扎翻腾。来到鹰堂餐馆，"爸爸"想坐在闹哄哄的酒吧最边角的小隔间里。"爸爸"在隔间靠墙刚坐下，立马便感到紧张不安，因为他正对着喧嚣的人群，而大家都在看他。女人就笑他，并向他保证说根本没人看他。倘若有人面带微笑地看着他，那只是因为"爸爸"是个名人。可"爸爸"觉得很不高兴，坚持要跟朋友们调换座位，这样他就可以背对着酒吧用餐。而他们刚换过位置，"爸爸"又开始不安起来，因为他虽然看不到酒吧，也看不到投向他的陌生眼神，可"爸爸"知道还是有陌生人在注视他，其中就有联邦调查局的侦探。自打去年冬天开始，他在凯彻姆及其周围一带就见过那些人。（从前几个跟"爸爸"交情深厚的作家朋友如今和他反目成仇，他有理由怀疑他们曾向联邦调查局告发他是共产党的间谍。他把情急之下在打字机上写成的谴责信寄给了他的敌人，而这些信又被交给了联邦调查局，这个莫大的失误连"爸爸"自己都不愿面对。）T字形牛排摆在面前，"爸爸"却十分沮丧。"爸爸"必须马上去趟卫生间，因为他的膀胱突然一阵抽紧并疼了起来，他最担心的就是小便会从那根伤痕累累的、悲哀地悬垂在干瘪的双股之间的阴茎里渗出，并顺着裤腿流下来。在去卫生间的路上，小便不知怎的就流了出来，还好女人跟那位与"爸爸"相识并对他异常崇拜的餐馆老板陪在身边。满脸堆笑的陌生人以及从东部来到爱达荷的游客纷纷围上前来，他们把纸巾伸到"爸爸"面前请他签名。"爸爸"颤巍巍地握着笔，在该死的纸巾上一阵涂抹，然后将纸巾揉成一团扔到地板上。后来他们从餐馆来到外面的停车场的时候，"爸爸"哭了起来。女人开着车，"爸爸"用拳头揉搓着眼睛里不断涌出的泪水。女人大胆地握紧"爸爸"的手，并安慰他说他会没事的，她这就带他回家，他会没事的，女人还说难道你连我都信不过，"爸爸"？"爸爸"一言不发，伤心地摇了摇头；"爸爸"什么也不相信，"爸爸"无法违心地相信任何东西。

女人说有这么多人爱你，"爸爸"。请你相信！

此刻他从后门跟跟跄跄地出了房子。"爸爸"等不及要来到外面，他要远离这座房子，这座囚禁他的监狱，"爸爸"在里面什么也写不出来。他不记得那天的确切日期，但很确信那是1961年7月的一个星期天。尽管还是夏天，他的六十二岁生日却像一座寒光凛冽的冰峰，在他的眼前忽隐忽现。

他找到了其中一根藤条。拄着藤条确实省了不少力气。"爸爸"每天都要出去散步。有的时候一天两次。当地人都知道"爸爸"会沿着75号公路走上半英里。一位活力四射的老人。一位刚毅倔强的老人。在凯彻姆的郊外，老人从一个百万富翁手里买下这座供打猎用的备受诅咒的房子。

什么诅咒？你就会胡言乱语。

胡言乱语是我的本行。地狱是我的归宿。

这是一段通向山上墓地的该死的上坡路。"爸爸"的嘴唇抽动了一下，这段上坡路就是他的复仇：抬棺材的人背部的肌肉绷得紧紧的，稍不留神就会有脱肛的危险。

看不见太阳。"爸爸"说不上现在还是不是夏天。他身穿一件黑红格子的法兰绒衬衣，纽扣胡乱地扣着，头上戴顶棉布帽子，后脑勺的头发已脱落得差不多了。他不喜欢冷风吹过头顶的感觉。看不见太阳，只有一抹惨淡的光线从头顶瞬息万变的云雾中怒气冲冲地探出头来。云雾之外，天空不复存在。

他视力微弱，眼睛总是流泪，他看不清远处的大山，但他知道大山就在那里。

他在墓地歇了歇脚。他深深地呼吸着，安详就在这里。一方美丽而孤独的土地。世间大多数美好的东西都已被蹂躏践踏，而锯齿山尚未遭到侵袭。他突然发现自己用来给墓地标界的几块大石头被挪动了几英寸，心里顿时咯噔一下。他惶恐不安，火冒三丈。他的敌人谋划着要折磨他，把他逼疯，但他绝不会屈服。

身后传来一个邪恶的声音，那是女人在喊他，也不知房子里发生了什么事。他可不想知道，以免扫了自己的兴。

因为墓地是他的地盘。茫茫世界，唯有这里能让你感受到纯洁和神圣。

"爸爸"和女人很少像前一天晚上那样跟朋友们出去聚会。"爸爸"不信任那帮所谓的朋友，因为他们基本都是女人的朋友。现在客人们也不大来凯彻姆作客。你可没有多余的时间、精力和耐心来扮演什么狗屁主人。不再有任何采访。不再有"文学专栏的记者们"茫然无措的目光。不再有吸血鬼。"爸爸"家里的吸血鬼已经够多了，他可不想把外面那些再招惹进来。这幢大房子的大部分空间都没有利用，就那样空在那里。不用的房间都上了锁。购买凯彻姆的这幢房子原本是"爸爸"而不是女人的主意，不过"爸爸"越来越觉得，是女人煽动他买下这座房子，以使他完全归她所有。女人是个妖妇，女人有张鸟嘴。在一个女人的双腿之间，在那个柔软的阴道里，长着一张小小的下流的鸟嘴。家里面又没有孩子，你要那么多该死的房间做什么。女人曾暗示过想要孩子，女人或许比"爸爸"先前的妻子更会生儿育女。而今女人已衰老不堪，她的子宫早已萎缩，乳房松弛地垂在胸前。"爸爸"更愿意让格蕾泰尔或是希瑞给他生孩子。不过"爸爸"从小就生活在伊利诺伊的橡树园，那座维多利亚式的房子一共有五个卧室，家里到处都是孩子，因为海明斯坦因夫人是一只特别能生崽的大母猪，她把孩子们活活地吞进了肚子。

格蕾丝妈妈！在位于田纳西州的孟菲斯，格蕾丝妈妈被埋在一座基督徒公墓里再也出不去了，一想到这儿，"爸爸"就感到快意。1954年诺贝尔文学奖授予他时，瞧"爸爸"那个高兴劲儿啊，因为格蕾丝妈妈1951年就"与世长辞"了，她要是还活着，肯定会得意地到处吹嘘，或是在采访中忸怩作态，身为著名作家的母亲，在提到天才儿子时言语中还流露出一种隐隐的责备。格蕾丝妈妈不想知道太多关于这个天才儿子的事情，眼下他的境况她就更不想知道了，除非这些消息已经在地狱里传开了。

"爸爸"笑了起来，笑得如此开怀以致肚子都笑痛了。要是"爸爸"知道自己的名字在地狱里也同样出名，他一定不会感到惊讶，因为他的那群狂热的铁杆粉丝正死心塌地地在那里恭候他的到来。

他继续走着。他拄着那根藤条。天气渐渐热起来了。他的大脑异常活跃。在墓地小憩片刻总会让他满怀希望。他还要再继续爬会儿山，到达山顶后，他要找到那条若隐若现、枝蔓丛生、环山而下的小径。等到那会儿，重力就可以帮他减轻心脏和腿部的负荷，然后再走那条通向国道的便道，这样就到家了。他并不想回到那幢房子，但他已经走投无路了。

女人在楼梯上喊他的时候，他已经在厕所里痛苦地折腾了好一阵儿了。一团团血块儿从他的肛门挣扎而出，那是像弹片一样坚硬的血淋淋的小块粪便。他的肠道也化了脓。他很有可能被下了毒。这幢该死的房子的井水一定有问题。女人完全有机会在他的食物里掺入微量砒霜。女人肯定已经发现了他装在衣服口袋里的银酒壶。他一直都想搞清楚他父亲那把"长约翰"手枪的下落。那件粗糙的武器！内战时期的老古董。也许在他弟弟雷赛斯特的手里："爸爸"曾跟他打趣笑谈那把枪能派上哪些好的用场。"爸爸"可不会想到要用这把枪，因为用现在的眼光来看，这把枪的确十分粗糙。如果你这个冒失的蠢货执意要用这把枪对准脑袋，即便你目标明确，也很可能会白费一颗子弹。

自打他从明尼苏达回到家，女人就给存放枪的柜子上了锁，钥匙也藏了起来。不过现在，特别是最近一段时间，她把钥匙一直丢在厨房的窗台上。

说什么要对男人有信心。说什么应该维护男人在家里的尊严。

尤其像"爸爸"这样从小跟枪一起长大的人。

他用颤抖的手指把钥匙紧紧地握在手里。

女人在楼梯上冲他喊道："爸爸"，不要！

找个地方把枪摆好。调整枪口的角度。硬木地板很容易打滑，你必须把枪托稳稳地竖放在地毯上。他会坐在一把直背椅上。透过客厅的平板玻璃窗，群山尽收眼底，他将坐在窗前那把直背椅上。橡木横梁的天花板高高悬在头顶，镶着橡木板的墙壁上挂满了打猎的战利品和带相框的照片，照片上"爸爸"脚边堆放着猎物的尸体。客厅通风很好，即便在夏天也是如此，墙上有一座巨大的石头砌成的壁炉，蜘蛛在里面安家落户。此外客厅还摆放着房子原有的成套皮革家具，你一坐上去，它们就会发出故意嘲弄似的放屁声和叹息声。

上身要尽可能前倾，这一点尤为关键。让枪口牢牢地抵住你的下巴，或者把枪口伸进嘴巴。最笨的做法，就是把枪口顶在额头上，这样的话，即便你用那个光着的大脚趾摸索着找到扳机并扣动，力量还是不够，这样就会导致枪身移位、枪口滑脱，最后只能打掉你的小半边脑袋，而那该死的天花板也难逃一劫。

自打奥匈帝国发动军事进攻以来，他就惊奇地发现，人的身体竟会被炸得支离破碎，而残片上看不出任何人体的痕迹，就像一颗高能炸弹爆炸成了千百个碎片。更令他感到不可思议的是，他竟在一家爆炸后的军工厂冒着浓烟的瓦砾堆中发现了女人的尸体和肢体的残片，长长的黑发粘着几片血淋淋的头皮。他那时已经十九岁了。那是1918年。他是一名红十字会的志愿者。他被授予陆军中尉军衔。后来，他被炮弹炸伤。身边的人都死了，他却活了下来。两百多块炸弹的碎片残留在他的腿部和脚部。他获得了一枚英勇勋章。十九岁的他自认为那就是他生命的巅峰时刻，而接下来的生命还在等候着他。

女人大喊着："爸爸"，不要！她死命地想要夺过他手里的枪，他用胳膊肘一把将她推开，随即把枪口对准了她。没有恐惧，也不像动物那般慌乱，她的脸上露出一种难以置信的愕然。这个玩笑开得有点残酷，我们谁也不想真的去死。绝不是我！绝不是我！很多动物活着就是为了千方百计躲避食肉动物的鲸吞蚕食，即便它们也会为活着拼尽最后一口呼吸。你或许会觉得大自然天生就赋予它们一种忧郁顺从的隐忍秉性，但事实绝非如此。动物那惊惶失措的厉声哭号，定会使你胆战心惊。在土耳其的士麦那，几个希腊人弄断骡子的前腿，然后把它们投进浅水，快要溺死的骡子发出声声撕心裂肺的哀号。在凯彻姆，"爸爸"夜里也能听到这种惊恐的叫声。为了获取一张张美丽的兽皮，为了砍下一颗颗脑袋作为凯旋的纪念，为了象牙和鹿角，动物们被追赶、被打死或打伤，那声声绝望的悲号。追猎不可或缺，因为追捕的过程能给人带来极大的乐趣。在他的捕猎生涯中，他射杀过梅花鹿、麋鹿、瞪羚、羚羊、黑斑羚、角马、旋角斑羚、水羚、林羚和犀牛；他射杀过狮子、斑豹、猎豹、鬣狗和灰熊。所有这些动物临死之前，都有过一番痛苦的挣扎。猎人猎杀时的亢奋是如此的激烈汹涌，就像最狂野的性交。此刻，囿于支离破碎的躯体，回首曾经洪水般席卷一切的欲望，连他自己都感到不可思议。就好像在猎物的喘息中夺取它们的生命，他强悍的下颌大肆吞咽。那些死亡的号叫深深地嵌入他的灵魂，而他当时对此并没有清醒的知觉。他无法将那些濒死的呼吸从他的肺里驱逐出去。那些死亡的哀号深深地潜入猎人的身体。从他早年间受父亲的指点在密歇根北部射杀黑松鼠和松鸡开始，他承载着此生所有被他猎杀的动物的灵魂的呼吸，就连父亲的死也缘于这场诅咒。

打猎的时候，他总要带个女人在身边。猎杀的兴奋劲儿过后，女人就派上用场了。你需要威士忌，你需要食物，你也需要女人。除非你喝得不省人事。

走在树林里，整个凯彻姆尽收眼底，想那些该死的事情干什么。

这个美丽的地方。属于他的地方。他不喜欢焦躁不安的感觉。他更愿意把喝酒的需要诠释为喝酒的愿望。这是个选择的问题，你可以自由选择。裤子口袋里塞着那个装满了四玫瑰威士忌的银酒壶，酒的分量于他是一种宽慰。中途他停下来掏出酒壶，拧开盖子，几口下去，从前熟悉的温暖、酣畅和惬意重又回到他的身体。

很长一段时间里，他把一片单刃剃须刀片塞进衣袋里的一个皮夹子随身携带。你从耳朵下方划开一道口子，然后快速准确地使刀片划过大动脉，即颈动脉。这个刀片是在内战时期的西班牙弄到的，因为这是自杀方式中最行之有效的一种。人家向他保证说，死亡就是几秒钟的事情，只要掌握好操作要领，这种死法不会有一丝痛苦。不过，他并不完全相信这套说辞。他从未亲眼目睹过任何人以这种方法结束生命，因此很难相信这种死法所谓的安然从容。再者，血很快就会流干这个说法本身就值得怀疑：在你断气之前，你肯定意识到了自戕的严重性，而这已于事无补，你会看到血从你的身体喷涌而出，在那可怕的几秒钟，就像戈雅最令人惊骇的画中那条战战兢兢的野狗，你的视线将越过悬崖的边缘瞥见永恒的深渊。

他不敢再继续往下想了。他又喝了几口，威士忌是他的慰藉。威士忌就是烈酒，你浸泡在烈酒的海洋中，而你的灵魂早已干涸。

他在口袋里发现了几片零散的药丸和胶囊。鬼知道它们是什么玩意儿。止痛药，镇静剂。看上去已经放了很长时间了。上面沾满了衣服口袋的绒屑。如果你的生命危在旦夕，不管手头上有什么你都会毫不犹豫地吞下去，但"爸爸"还没落到那步田地。

一群大雁逆着风呈参差不齐的V字形从头顶高高地飞过。它们一身灰色的羽毛，上面点缀着黑色的斑纹，宽大强健的翅膀用力地上下拍打着，看上去像是加拿大黑雁。一阵阵陌生而凄凉的叫声撕扯着他的心。瞧那上下挥动的巨大的灰翅，瞧那向前突伸的脖子。他仰头站在那里盯着黑雁看了好一阵子。他体内血液奔流的节奏和鸟叫声融为一体。女人在最后一刻是否喊出了声，他已经想不起来了。女性责怨的声音，尤其妈妈那强悍的嗓门在他的记忆里尤为清晰。距离只有六英寸，女人抬起虚弱的手臂想要抵挡大号铅弹爆炸的威力。你忍不住要耻笑她的自不量力，甚至当他的手指扣紧扳机的一瞬，她脸上竟还是一副难以置信的神情。别杀我！别杀我！猎枪的反冲力比他想象中还要猛烈。爆炸声震耳欲聋。女人松软的身体瞬间被冲力甩到了墙上，殷红的血从她的胸口、脖子和下半边脸上喷涌而出，她的身体无力地倒在地上，血流如注，他本能地后退了几步，以免迅速蔓延开来的鲜血弄脏了他的赤脚。

他低头看了一下：他可不是光着脚，而是穿着靴子。他穿着那双几年前在太阳谷买的已经磨损的旅行皮靴。不过，他可不记得自己竟还大动干戈地换上了靴子，也不记得换上这件衬衣以及这条宽大的裤子。这可是个好兆头，不是吗？或许并不怎么好？

走过树林里的那条便道，他就出现在75号公路上。女人可不喜欢"爸爸"在树林里"长途跋涉"。女人尤其不高兴"爸爸"在公路上"大肆招摇"。在凯彻姆这个地方，能给病魔缠身的"爸爸"带来快乐的事情，都会被那个女人好一通责怨。他已经炸毁了那颗心。他苦笑着，老天还是公道的。

早晨将近七点半。他在75号公路的路肩上走着。一辆装载木材的平板卡车从身边呼啸而过，他的帽子差点被气流吹跑了。他觉得倘若自己不咬紧牙关挺住，那阵风几乎都可以将他掀翻在地。他总习惯这样走，让迎面开来的车辆从他身边仅几码远处呼啸而过，因为他想看清楚开过来的到底是些什么车。大卡车，轻型货车，当地人的私家车，学校的校车。有时在上下午的散步途中，"爸爸"都可以看到橘红色的卡默斯校区巴士从他身边飞驰而过，他连忙抬起一只手打招呼，好像要送出什么祝福似的，浓烈刺鼻的尾气熏得他赶忙屏住呼吸，他朝后窗上孩子们模糊的脸庞微笑着，这种时刻他总会感到一种单纯的快乐。他朝这些陌生人的孩子微笑着，根本看不清他们的模样，而他知道，孩子们眼中的他是个白头发、白胡子的老人，他拄着藤条一脸威严地走着，孩子的长辈会告诉他们：这个人可有名了，是个作家，得过诺贝尔奖。想到这儿，他不由得高兴起来，再怎么说，他也应该从中感受到一丝快乐，感受到些许荣耀。因此，他每次都盼着能遇到校车，他甚至掐算好步行的时间以便他可以跟车恰好相遇。橘红色的校车刚一出现，"爸爸"的后背立马挺得笔直，头高高地扬起，脸上沮丧的神情顿时不见了踪影。他心想这辈子他们都会记住我的。

不过，今天校车没来。他约莫记得今天是星期天。他多么讨厌星期六和星期天啊。他不会让自己的情绪低落下来。近来他的心情一直都挺不错，也很看得开。他不会让那个该死的女人毁了这种好心绪。公路上朝凯彻姆方向驶来的车辆明显少多了，大卡车就更少了。你不用猜都知道，私家车都是奔教堂去的。有的车上坐着小孩子，他们望着他，并朝他微笑招手，但"爸爸"此刻已没什么心情了。"爸爸"一瘸一拐地走着，口中自言自语。"爸爸"用手抚摸着下腹像水蛭一样膨胀起来的肝脏。"爸爸"的酒全喝光了，一滴"四玫瑰"都不剩。"爸爸"感到异常疲惫。他体内的玻璃和炮弹碎片嵌得太深，以致手术都不能将之去除，现在这些碎片一定游移到了皮肤表层，不然他的皮肤怎么会奇痒无比。他残破衰颓的身体于他是一场玩笑，神经科专家一脸严肃地对他说，他的脑部出现了炎症，不过脑干尚未"萎缩"。你才不会相信这些鬼话呢，那帮杂种就会拿这种话来吓唬你，你才不跟他们一般见识呢。

该死的，如果真是那样他可怎么受得了，他可不能沦落到那般田地。

他突然走上车道。一辆警察巡逻车迎面驶来。白色的车子亮光闪闪，车身用绿色的字体写着卡默斯警察局，然而"爸爸"视力衰弱，当时并没有认出来，这些车子就像秃鹰一样时常在75号公路

"爸爸"住宅那一带游荡徘徊。巡逻车一个急刹车后停了下来，这才没有撞伤"爸爸"。两位年轻的警官很快从车里钻了出来。他们认出了他，"爸爸"看得出来。他试图向他们解释那天上午房子里发生的一切。他显得异常兴奋，说起话来磕磕巴巴的。他的枪"出了意外"。他"伤"了他的妻子。枪一直在他手里，他说，而妻子却硬要从他手中把枪夺走，争抢的时候，一不留神枪"走了火"，子弹打中了她的胸部，将她"弄成了两半"。两位警官小心翼翼地靠近"爸爸"。75号公路上的车辆都慢了下来，司机们远远地绕开警察的巡逻车，因此部分堵塞了这条向南行驶的车道。"爸爸"看见两个人谁也没有打开手枪皮套。不过他们还是沉稳而警觉地从侧面朝他靠近。他们尊称他"先生"，问他手里是否有武器。他们尊称他"先生"，问他是否介意对他进行搜身。年轻人对他的敬意使"爸爸"稍稍镇静下来。虽然还有些不安，但他不会不配合。其中一位警官对他进行检查，他轻快地自上而下拍拍他的身体，在大腿的口袋里发现了那个银酒壶，但他并没有没收酒壶。接下来，"爸爸"记得自己被搀扶着坐进巡逻车的后座。那根该死的藤条掉在了地上，一位警官随即给他捡了回来。坐在巡逻车的后座，眼前隔着一层金属防护网，"爸爸"只觉得头晕目眩，对身边的一切茫然不觉。他的耳膜咚咚响个不停，弄得他心意烦乱。他的心脏像一只重重的拳头狠劲地敲击着他的胸腔。不大一会儿工夫，他们就拐上了"爸爸"用砾石铺成的那条车道，刹那间，一阵欣喜涌上"爸爸"的心头，他心想：他们知道我住这儿，他们一直都在跟踪我。

车道大概有四百多米长。两旁的松树郁郁葱葱。"爸爸"在周

213

围竖起很多警告牌，诸如"请勿入内""私人住宅，请勿靠近"。巡逻车在房子下面的车道刚一停下，女人便出现在一楼外面的门廊上。她身穿一件家居服，灰黄的头发随风飘动。两位警官立马就看出她是个上了年纪的女人。她的皮肤十分苍白，脸色暗淡无光。她腰围很粗，看上去和他们的母亲差不多年纪。女人简短地跟他们说了几句。其中一位警官像帮助一位年迈的老人那样，将"爸爸"从车里扶了出来。那位警官牢牢地握住他的胳膊，口中唤着"先生"。"爸爸"很是感激，这两位年轻人对他非常尊敬。除了做人的一点尊严，他这辈子别无他求。他也年轻过，面对眼前这两位二十多岁的年轻人，他顿生一股恻隐之心。在这些男人之间，有一种心照不宣的兄弟情谊，而"爸爸"已被从这片圣地驱逐出去，他的内心极度失落。他从未真正理解这种失去，以及此生所有的失去。女人从门廊上走了下来，伸手去扶他的胳膊，他却甩开了她。女人眼中闪动着惊恐而愤怒的泪水。她的脸上布满了皱纹，而你却能从中看出昔日少女的美丽姿容。她的嘴唇失去了往日的丰润饱满，就好像那是被她一直吮吸的缘故。女人用一种轻快的语调对两位警官送她丈夫回家表示谢意。她丈夫身体不好，她向他们解释。她的丈夫最近刚从医院回来，他正在逐渐恢复。他现在没事了。现在她会照顾好他的。两位警官询问枪的事情，女人立马表示他们尽可以放心，因为丈夫所有的枪都锁了起来。"爸爸"厌恶地背过身去。女人和警官继续谈着"爸爸"的情况，就好像他并不在场，"爸爸"觉得受到了侮辱，他要一个人回到房子里去，他不需要任何人的帮助。他也不需要那根该死的藤条。他不走台阶，他可不冒这个险，他要从地下室进去。那个自以为是的女人继续和两位警官交谈着。女人苦笑着补充说，她丈夫是个了不起的人，但他过得很不顺心，他身体不太好，正在接受治疗，总而言之，她想说的就是她会照看好他的，她很感激他们好心地把她丈夫送回家，不过现在他们可以离开了。

太太，您确定没事吗？警官问道。

当然了！女人非常肯定。

"爸爸"狠狠地甩上了身后的门，他已经受够了。在女人跟进来之前，他想一个人静静地待一会儿。

后　记

《爱伦·坡遗作，或名〈灯塔〉》的灵感来源于题为"灯塔"的一份单页手稿，手稿是爱伦·坡1849年10月7日于巴尔的摩过世后，在他的文件中发现的。

《狄金森仿真人》整体创作参考了狄金森的诗歌与书信，视觉形象描绘的依据则是杰罗姆·林布林的《阿默斯特的狄金森一家》摄影集。

《克莱门斯爷爷和天使鱼，1906》是一部虚构作品，部分描写参考了以下作品中的一些段落：佛瑞德·卡普兰的《奇特的马克·吐温》、约翰·库利的《马克·吐温的水族馆：塞缪尔·克莱门斯与天使鱼的信》，以及《爸爸：马克·吐温十三岁的小女儿苏西撰写的私人传记》。（塞缪尔·克莱门斯于1910年4月去世，享年七十五岁，晚年他与女儿克拉拉一起生活。克拉拉后来终于结婚，育有一女。这个克莱门斯家族唯一的后裔于1964年自杀身亡。）

《文学大师在圣巴塞罗缪医院，1914—1916》是一部虚构作品，部分参考了利昂·埃德尔和莱奥·鲍尔斯编辑的《亨利·詹姆斯的完整笔记》、利昂·埃德尔所著《亨利·詹姆斯的一生》的一些段落。

《"爸爸"在凯彻姆，1961》是一部虚构作品，灵感来源于肯尼斯·林恩的《海明威》和海明威作品《死者的自然史》中的段落，作品还简短引用了后者的部分内容。

致　谢

《爱伦·坡遗作，或名〈灯塔〉》曾以《传说中的比尼亚德尔马①灯塔》为题在迈克尔·夏邦编辑的《麦克斯韦尼斯》2004 年特刊上发表，版本与本书中的略有差异。

《狄金森仿真人》曾在《弗吉尼亚评论季刊》2006 年秋季刊上发表。

《克莱门斯爷爷和天使鱼，1906》曾于 2006 年在《麦克斯韦尼斯》上刊发。

《文学大师在圣巴塞罗缪医院，1914—1916》曾在《连词》（*Conjunctions*）杂志 2007 年春季刊上发表。

《"爸爸"在凯彻姆，1961》曾在《大杂烩》2007 年夏季刊上发表。

---

① 比尼亚德尔马（Viña de Mar），智利中部太平洋沿岸城市，在西班牙语里意为"海边的葡萄园"。

导读："狂野之夜"令人心惊

黄　梅

翻开乔伊斯·卡罗尔·欧茨的短篇集《狂野之夜》，便很难释卷。可能对于美国人尤其如此，因为他们毕竟更熟悉更钟爱本国文学精粹——比如《哈克贝利·费恩历险记》或《老人与海》——及其创作者。

是的，五篇故事的主人公个个都是顶级名家，合起来几乎占了美国文学史的半壁江山——埃德加·爱伦·坡，艾米莉·狄金森，塞缪尔·克莱门斯（即马克·吐温），亨利·詹姆斯和欧内斯特·海明威。有四五十年写龄并获奖无数的欧茨举重若轻，把我们径直带入泰斗们的"最后时日"。

大　师　们

克莱门斯爷爷年过七十。他疲于四处奔走演讲并出席社交聚会，为众多衣装华丽的阔太太们扮演幽默有趣的著名文人马克·吐温。更让他时时烦心的是，想完成预计的皇皇巨作，恐怕真的力有不逮了。"爷爷"深知自己被卷进了无情的文化商业运作，本人既是生产工具又是产品，"机器生产机器"。为了应付如此这般的生活，他的衣袋里永远藏着一只小酒瓶。与此同时，在另一重空间里，他聚集起女性小粉丝（十一到十五岁），组建了"水族馆俱乐部"。小姑娘是他的"天使鱼"，而他是俱乐部里唯一的成人、男性和主宰——"海军上将"。他颁发天使鱼造型珐琅质小别针；他在酒店里用精美的甜食款待女孩子，送她们芭蕾舞票，邀请她们到自己的乡间别墅度假。这难道不酷似虚拟空间里的优雅游戏？天真美丽纯洁的女孩令"爷爷"想起他早夭的爱女苏西。

然而，仅仅如此吗？

"爷爷"为什么把游戏做到如此规模，乐此不疲，如中毒瘾不可克制？当又一个俏丽少女游进水族馆罗网，开始偷偷用书信传递热烈的钦慕之情时，作为读者的我们不禁有点提心吊胆。某种不祥的暗昧阴影在飘荡。女孩得到了来自"爷爷"的饱含感情也充满机智的回信："海军上将爷爷已被你彻底迷倒"，"那个饶舌的密苏里纸牌作弊老手吐温先生依旧那么招人喜欢……"，"无论我们的内心多么纯洁无瑕，该死的成人世界还是会对我们做出极其冷酷残忍的评判"，等等。如此炫着真情和才华倾诉衷肠，哪个小姑娘能够抵挡？是文字高手在尽享精妙掌控之乐？是老登徒子日薄西山的调情？是对缪斯的呼唤还是对哈克贝利·费恩调皮捣蛋时代的无尽怀念？抑或是本能地想贴近年轻的生命、对生机和活力有吸血鬼般不可遏制的渴念？

然而，少女已经年届十六。她无视母亲禁令，带着年轻人对抗世界的决绝态度继续向克莱门斯倾诉衷肠。游戏戛然中止。此后，

"爷爷"拒绝理会那个企图通过禁食退回少年时代的姑娘，对接踵而来的绝望求告信置若罔闻。摆平那位闹事的母亲和可能引发的丑闻将是代理人和律师的责任。克莱门斯的沉默深不可测。是残酷还是残喘？我们不知道。在悲剧另一个侧面，操控人又何尝不是弱者，戏耍的女娃们有时可以任意作弄"爷爷"。也许他真的没有气力应对自己从魔瓶中唤出的十六岁的幻想与激情了。

人性的丰富和黑暗让我们陡然战栗。

狂野暗夜里埋伏着大师们晚年的失望、隐痛、不堪和无奈。欧茨的海明威和死亡诱惑周旋，是几个故事中笔调最低沉而苦辛的。缠绵的病痛、对妻子（第四任）的怨恨、对工作甚至整个人生的怀疑，当然还有过量的酒精，这一切都在侵蚀生命。而以日志形式出现的爱伦·坡故事是书中最具超现实色彩的作品。开篇第一则记录标注的日子恰是历史上坡本人客死巴尔的摩的那一天。坡与某位萧博士签约合作到小孤岛上做灯塔守护人，并从这天起记述孤独生存对于人类男性之影响。这是一份从清醒欢悦逐渐步入疯狂和死亡的第一人称记录，话题从海景、职责越来越多地转移到污秽、腐尸和怪异事物上。坡对陌生两栖动物"独眼兽"的描写带有几分十九世纪博物家观察自然的热忱，却又分明是狂乱的梦呓。怪诞的故事匪夷所思，它的震撼力却根植于可能性——坡有关厄舍古屋的哥特想象与他对推理逻辑的热衷诡异地共存于同一头脑；而"理性之梦滋生诸般魔怪"[①]更久已是"启蒙"之后艺术的不绝忧思。总体说来，

---

① 戈雅（1746—1828）的画作名称。

这些故事所依赖的可能性不在于有史料暗中支持（有人读毕便去挖掘那些名家的传记和隐私，发现很多内容其来有自），更在于作品对于人性和社会的穿透洞察。有人评论说，这些"摧割、铭心、感人至深"的故事"直剖深层心理……让读者透不过气来"。

不过，欧茨点燃一支明烛，不仅意在探究、揭橥并平等地审视，她也在酝酿包容的慈悲和至诚的敬意。她向我们展示，老亨利·詹姆斯沐着第一次世界大战的血色畏畏缩缩地步入伦敦圣巴塞罗缪医院，让自己变身为照顾伤兵的平民志愿者。对于这位毕生"沉迷于自我内心"、小心经营文字艺术的老单身汉，这是极其出位、不可思议的冒险。来日无多，战争似乎使他猛然痛感自己的缺失。多年前在美国独立战争中编借口逃避兵役的往事仍纠缠着他，甚至连少年时代伤害的一只猫都无法从他记忆中抹去。

出乎所有人的意料，这位颤颤巍巍的七十岁老者忍受了对其名作家身份毫无感受的护士们的吆喝欺侮，忍受了周遭的血迹、残肢、恶臭和哭号。他拖地、倒便盆、擦洗伤口、清理呕吐物。他给半死不活的年轻伤员诵读诗歌和小说，当然，不是他本人那些过于阳春白雪、细腻曲折的文字。叙述不断提及血迹、脓污、粪便之类引起强烈生理反应的实物，笔触浓重，近乎夸张。其中包含的那份震骇来自虚构人物詹姆斯，来自他在人生最后一程里与象牙塔外"真实"世界的狭路相逢，但叙事安排却十足是欧茨的，她刻意要与詹姆斯的人生和艺术构成某种鲜明对照——因为"在大师所有的文字中，都不曾提过便盆"。

在特定时空里面对特定的绝望伤残者，詹姆斯对青年男子难以压抑的爱忱终于以他自己能认可的方式迸发出来。大师老矣，对他来说这爱已经没有多少荷尔蒙动因，更多是对生命、对他者、对交流、对幸福的浓浓依恋。欧茨曾对媒体说，她一生都在读詹姆斯，这位苦心孤诣死而后已的作家对她影响极深。访谈中轻柔动人的女性声音只说出了部分真相，小说家欧茨落笔如下手术刀，对偶像作家其实并不客气。但是她确实也在向詹姆斯，向在人生收官之际突破常态、改变作风甚至国籍，毅然选择以老病之躯办"实事"、做"奉献"的艺术家致以无限的同情和敬意。

在寒冷的北国乡村，宿醉未醒、衣裳不整的老海明威赤足蹚过雪地，去解救被铁蒺藜围栏困住的小野鹿，是另一个唤起温暖和敬重的瞬间。还有克莱门斯密信里的诚意。当他的小天使鱼在"笔友"激励下开始吟出律动的诗行——"没有什么秘密／会如此神圣无比／除非它在我们之间／自由地呼吸——"，谁又能说，那似乎越界并最终酿成不幸的老少情谊不包含高贵的动机？

欧茨挥动魔棒，我们在亦真亦幻中反复体尝着震惊、刺痛、怜悯和敬畏。

"狄金森"之逃遁

"狄金森"是例外。

其他几位大腕都是男人，是叙述的焦点兼首要视角人物。诗人艾米莉·狄金森是唯一的女性，不占据叙述视点，也算不上被着重讲述的"主人公"。狄金森甚至根本不是人，而是由计算机操纵的高仿或超仿人偶。

故事发生在可以预见的未来。以各类名人大家为原型的计算机人偶已是成熟批量产品，正大规模推广进入美国家庭，以提升他们的生活品质。克里姆先生是税务律师，太太在家做主妇，没有子女。由于国情差别，他们位于郊区小镇的独栋房和车来车去的出行方式所代表的标准美式富裕中产生活，比当下很多中国人全力冲刺奔向的"幸福"在空间占有上要奢侈得多。不过，克家空阔的"光滑如镜的桃花木桌面"映现出充盈物品背后的虚渺和贫瘠。貌似偶然，其实必然，夫妇俩都觉得有必要给生活添加一点内容和色彩，因此对机器人发生了兴趣。丈夫本想买体育明星，可是妻子却选了最新型号限量版狄金森。家务事上总得让女人几分吧——何况，狄金森正优惠百分之二十大促销呢！

于是，谜一样的生人走进了家庭。她身量被压缩了三分之一，外形酷似活人，但没有生理功能，不吃不喝。据说她的控制程序完全是根据原型特点定制的，她躲躲藏藏不愿见人，寡言少语，开口如谜题。她用不置可否的方式应付太太，对先生则几乎视而不见。时不时，她会从围裙口袋里掏出小纸片在上面涂写几个字。不过，她倒是顶呱呱的家务帮工，烹饪保洁样样出色——机器人总得具备实用功能才能有销路吧？何况，八成狄金森当年确是持家高手。

克太太被迷住了。她想知道自家那缄默幽灵般的"狄金森"是怎么回事。多年以来，她和丈夫已经"没话"。充满有形物品的生活是那么稀薄而空洞，甚至连婚姻究竟存续了九年还是十九年，在当事人的意识里都已模糊。日子过得串了行——这不是静如止水，

224

而是如死的生。她模糊地渴望变化。"狄金森"我行我素的姿态进一步扰动了她的心。克太太叫她"艾米莉"，偷看她的小纸条，想和她交朋友，甚至自己也再次拾起笔，重续几十年前的写诗尝试。

故事有几分科幻，讲述生动逼真。读者身临其境般目睹着丝丝入扣的机器人营销以及"狄金森"在克家搅起的激动和不安，感受到变故之兆在字里行间时隐时现，如山雨欲来。故事对现代科技的预见与石黑一雄近作《莫失莫忘》暗中相通。后者娓娓叙说专为提供器官移植供体而"生产"出的克隆人的生活，文字低调温婉，极尽写实能事，展示的却是基因工程迷狂未来的冷酷和可怖。同样，在《狄金森仿真人》中，我们蓦然领悟现代生活不知不觉中已经商业化、科技化到何等地步。故事和诗歌伴随人类数千年，到如今以纸介商品存在都属明日黄花。现下的文人和各类明星无论生前死后都是大众消费的"产品"。狄金森当年生活方式极为私密，曾在诗中自称"无名辈"（"I'm Nobody"），表示绝不愿抛头露面，如叫蛙整日对塘嘶鸣，死后也不能幸免。而将来的克太太们可能不得不通过机器人找寻丢失的生命之诗。莫非，这就是我们的"进步"？

另一方面，供货商和克先生们没有想到，超仿"狄金森"并不是充分体现他们意图的机器或玩偶，也许因为其控制程序中植入了女诗人的思想基因。"狄金森"不合产品规格的人性表现（比如她宁"死"不留的抉择）是书中最鼓舞人心的诗意元素。虽然也不难想象，机器的失控可以成为其他科幻背景中大灾难的肇端。

克先生的强暴企图以及克太太与"狄金森"一道消失等情节进展多少有女性主义书写规定动作的味道。尤其是，强暴意图针对的是人形机器，就不免显得既让人惊愕，又滑稽可悲。值得庆幸的是，作者让夫妇二人不同的性别视角获得某种平衡。欧茨笔下的克先生不是恶棍，不是施暴狂，而同样是失去精神家园并深陷孤独的普通现代人。"狄金森"打乱了居家生活常规，他不由得恼怒烦躁，但又被那陌生神秘的少女身形撩动吸引。妻子的激动和焕发让他不快，他开导说：机器人不是同伴，是"物件"，而他们则是"主人"。终于有一天他忍无可忍，深夜推开仿真人狄金森房门，半是打算镇压，半是渴望交流。他给自己打气——他是花了钱的买家，对"她"有无限的处置权。可是当他开始撕扯狄金森衣衫时，少男式的忐忑消失殆尽，他已十足是因为意识到自己荒唐乖谬而愈发狂暴的冒犯者。唯有深谙人性和生活的笔，才会写得如此无情而又如此宽厚。

顺便说，本书中不仅"狄金森"是被看者，除了克太太，其他的女性，不论是小天使鱼、克莱门斯爷爷的女儿克拉拉、海明威的第四任妻子，还是詹姆斯遇到的女护士，很大程度上都是因老男人的眼聚焦注视而显形的，目光里往往包含与生命困境交织的不耐烦、厌倦甚至敌意。细细辨识覆盖在她们身上的如层层油彩的男人眼光，是本书阅读过程中很有启迪意义的一个环节。

浮士德命运变奏曲？

五个短篇按照几位作家在世年代（同时也是小说发表先后顺序）安排，爱伦·坡领先，海明威殿后。这使全书或多或少具有了一种整体安排和构思。

曾有人指出过欧茨对浮士德主题的持续关注，这在《狂野之夜》中仿佛得到了一些印证。短篇集以爱伦·坡签约从事科学考察开篇，令人联想到浮士德博士与魔鬼订约。在"签约后"世界里，对神或上帝的信托消失殆尽，只剩下对"占有"和"主人"身份的津津乐道以及各种刺激感官的物的凸显扩张，当然还有那最最重要的"我"和"我"的追求。临近人生退场，克莱门斯"爷爷"痴迷天使鱼、力挽时光"停留片刻"的举动似乎更多揭示了人欲的迷失。几乎在与上帝近身搏斗的海明威"爸爸"无法摆脱"死"念的纠缠，枪作为男性力量的象征和死亡工具，盘踞在"老酒鬼"的意识中心。写出最优秀、最伟大的作品是主人公们为之鞠躬尽瘁的"光荣与梦想"。然而，失去了信仰的支撑，对个人写作的怀疑就可能变得致命。日复一日，那些无边漫长的"写不出东西的早晨"折磨着"爸爸"，把他一点点推向对自己举枪的结局。

只有"我"的生活注定缺少分享和分担，"孤独"是贯穿全书的母题。爱伦·坡独居小岛，《狄金森仿真人》以触目的"如此孤独！"高调开场，之后反复地状写夫妻间的隔膜，还添加了狄金森的清醇诗句"调味"：

> 我把自己藏在花心
> 它在你的瓶中渐渐枯萎，
> 你懵然不知，却几乎代我——
> 感觉到了一丝寂寞。

最后，克先生在太太出走后的空房里宣示出升级版的"如此孤独！"。

也许，每位主要或次要人物都认同詹姆斯悄悄写下的警句："孤独！——人最真实的存在。"但是，欧茨也在提醒我们，"孤独"在文化中大行其道，不仅因为它的确是当代生存真相，是觅求沟通和情谊的实在缘由，也因为它成了颇有市场号召力的时髦话语和讨邀喝彩的法宝，甚至可以是自我招贴和文字诱饵——"爷爷"在召唤小天使鱼时便十分老到地递上小纸条："我很孤独，急需秘密笔友！"

和作者的一些宏篇大作相比，《狂野之夜》节奏急促，文字更具骨感。每篇故事都逼近死亡，却没有一个主人公抵达浮士德式的终点，即魂魄出窍并见证天堂与地狱对决的一刻。海明威最后仍旧半明白半糊涂地蹒跚于恼怒中，而体验过奉献的詹姆斯则在临终病榻上借助幻觉迷离而"快乐"地遨游四海。

大师也是常人。

读书人

SHORT CLASSICS
短经典精选